高 等 院 校 应 用 型 设 计 教 育 规 划 教 材
PLANNED TEXTBOOKS ON APPLIED DESIGN EDUCATION FOR STUDENTS OF UNIVERSITIES & COLLEGES

影视后期特效制作

FILM & TELEVISION SPECIAL EFTECTS PRODUCTION

 陈云清 编著

合 肥 工 业 大 学 出 版 社
HEFEI UNIVERSITY OF TECHNOLOGY PRESS

图书在版编目（CIP）数据

影视后期特效制作/陈云清编著.—合肥：合肥工业大学出版社，2010.10
高等院校应用型设计教育规划教材/邬烈炎主编
ISBN 978-7-5650-0247-2

Ⅰ.①影…　Ⅱ.①陈…　Ⅲ.①电影-后期-制作-高等学校-教材②电视-后期-制作-高等学校-教材　Ⅳ.①J9

中国版本图书馆CIP数据核字（2010）第165838号

影视后期特效制作

编　著	陈云清
责任编辑	方立松　金　伟
封面设计	刘葶葶
内文设计	陶霏霏
技术编辑	程玉平
书　名	高等院校应用型设计教育规划教材——影视后期特效制作
出　版	合肥工业大学出版社
地　址	合肥市屯溪路193号
邮　编	230009
网　址	www.hfutpress.com.cn
发　行	全国新华书店
印　刷	安徽江淮印务有限责任公司
开　本	889mm×1092mm　1/16
印　张	12
字　数	380千字
版　次	2011年7月第1版
印　次	2011年7月第1次印刷
标准书号	ISBN 978-7-5650-0247-2
定　价	38.00元（含教学光盘1张）
发行部电话	0551-2903188

图书在版编目数据
CIP ACCESS

影视后期特效制作
FILM & TELEVISION SPECIAL EFFECTS PRODUCTION

编撰委员会

丛书主编：邬烈炎

丛书副主编：王瑞中 马国锋 钟玉海 孟宪余

编委会（排名不分先后）

王安霞	潘祖平	徐亚平	周 江	马若义
吕国伟	顾明智	黄 凯	陆 峰	杨天民
刘玉龙	詹学军	张 彪	韩春明	张 非
郑 静	刘宗红	贺义军	何 靖	刘明来
庄 威	陈海玲	江 裕	吴 浩	胡是平
胡素贞	李 勇	蒋耀辉	陈 伟	邬红芳
黄志明	高 旗	许存福	龚声明	王 扬
孙成东	霍长平	刘 彦	张天维	徐 仂
徐 波	周逢年	宋寿剑	钱安明	袁金龙
薄芙丽	森 文	李卫兵	周 瞳	蒋粤闽
季文媚	曹 阳	王建伟	师高民	李 鹏
张 蕾	范聚红	刘雪花	孙立超	赵雪玉
刘 棠	计 静	苏 宇	张国斌	高 进
高友飞	周小平	孙志宜	闻建强	曹建中
黄卫国	张纪文	张 曼	盛维娜	丁 薇
王亚敏	王兆熊	曾先国	王慧灵	陆小彪
王 剑	王文广	何 佳	孟 琳	纪永贵
倪凤娇	方福颖	李四保	盛 楠	闫学玲

江南大学 南京艺术学院 北京服装学院

方立松 周 江 何 靖

参 编 院 校

排名不分先后

江南大学	南京艺术学院
苏州大学	南京师范大学
南京财经大学	南京林业大学
南京交通职业技术学院	徐州师范大学
常州工学院	常州纺织服装职业技术学院
太湖学院	盐城工学院
三江学院	江苏信息职业技术学院
无锡南洋职业技术学院	苏州科技学院
苏州工艺美术职业技术学院	苏州经贸职业技术学院
东华大学	上海科学技术职业学院
上海交通大学	上海金融学院
上海电机学院	武汉理工大学
华中科技大学	湖北美术学院
湖北大学	武汉工程大学
武汉工学院	江汉大学
湖北经济学院	重庆大学
四川师范大学	华南师范大学
青岛大学	青岛科技大学
青岛理工大学	山东商业职业学院
山东青年干部职业技术学院	山东工业职业技术学院
青岛酒店管理职业技术学院	湖南工业大学
湖南师范大学	湖南城市学院
吉首大学	湖南邵阳职业技术学院
河南大学	郑州轻工学院
河南工业大学	河南科技学院
河南财经学院	南阳学院
洛阳理工学院	安阳师范学院
西安工业大学	陕西科技大学
咸阳师范学院	宝鸡文理学院

参 编 院 校

排名不分先后

渭南师范大学	北京服装学院
首都师范大学	北京联合大学
北京师范大学	中国计量学院
浙江工业大学	浙江财经学院
浙江万里学院	浙江纺织服装职业技术学院
丽水职业技术学院	江西财经大学
江西农业大学	南昌工程学院
南昌航空航天大学	南昌理工学院
肇庆学院	肇庆工商职业学院
肇庆科技职业技术学院	江西现代职业技术学院
江西工业职业技术学院	江西服装职业技术学院
景德镇高等专科学校	江西民政学院
南昌师范高等专科学校	江西电力职业技术学院
广州城市建设学院	番禺职业技术学院
罗定职业技术学院	广州市政高专
合肥工业大学	安徽工程科技学院
安徽大学	安徽师范大学
安徽建筑工业学院	安徽农业大学
安徽工商职业学院	淮北煤炭师范学院
淮南师范学院	巢湖学院
皖江学院	新华学院
池州学院	合肥师范学院
铜陵学院	皖西学院
蚌埠学院	安徽艺术职业技术学院
安徽商贸职业技术学院	安徽工贸职业技术学院
滁州职业技术学院	淮北职业技术学院
桂林电子科技大学	华侨大学
云南艺术学院	河北科技师范学院
韩国东西大学	

总序

目前艺术设计类教材的出版十分兴盛，任何一门课程如《平面构成》、《招贴设计》、《装饰色彩》等，都可以找到十个、二十个以上的版本。然而，常见的情形是，许多教材虽然体例结构、目录秩序有所差异，但在内容上并无不同，只是排列组合略有区别，图例更是单调雷同。从写作文本的角度考察，大都分章分节，平铺直叙，结构不外乎该门类知识的历史、分类、特征、要素，再加上名作分析、材料与技法表现等等，最后象征性地附上思考题，再配上插图。编得经典而独特，且真正可供操作、可应用于教学实施的却少之又少。于是，所谓教材实际上只是一种讲义，学习者的学习方式只能是一般性地阅读，从根本上缺乏真实能力与设计实务的训练方法。这表明教材建设需要从根本上加以改变。

从课程实践的角度出发，一本教材的着重点应落实在一个"教"字上，注重"教"与"讲"之间的差别，让教师可教，学生可学，尤其是可以自学。它必须成为一个可供操作的文本、能够实施的纲要，它还必须具有教学参考用书的性质。

实际上不少称得上经典的教材其篇幅都不长，如康定斯基的《点线面》，伊顿的《造型与形式》，托马斯·史密特的《建筑形式的逻辑概念》等，并非长篇大论，在删除了几乎所有的关于"概念"、"分类"、"特征"的絮语之后，所剩下的就只是个人的深刻体验、个人的课题设计，于是它们就体现出真正意义上的精华所在。而不少名家名师并没有编写过什么教材，他们只是以自己的经验作为传授的内容，以自己的风格来建构规律。

大多数国外院校的课程并无这种中国式的教材，教师上课可以开出一大堆参考书，却不编印讲义。然而他们的特点是"淡化教材，突出课题"，教师的看家本领是每上一门课都设计出一系列具有原创性的课题。围绕解题的办法，进行启发式的点拨，分析名家名作的构成，一次次地否定或肯定学生的草图，无休止地讨论各种想法。外教设计的课题充满意趣以及形式生成的可能性，一经公布即能激活学生去进行尝试与探究的欲望，如同一种引起活跃思维的兴奋剂。

因此，备课不只是收集资料去编写讲义，重中之重是对课程进行有意义的课题设计，是对作业进行编排。于是，较为理想的教材的结构，可以以系列课题为主，其线索以作业编排为秩序。如包豪斯第一任基础课程的主持人伊顿在教材《设计与形态》中，避开了对一般知识的系统叙述，只是着重对他的课题与教学方法进行了阐释，如"明暗关系"、"色彩理论"、"材质和肌理的研究"、"形态的理论认识和实践"、"节奏"等。

每一个课题都具有丰富的文件，具有理论叙述与知识点介绍、资源与内容、主题与关键词、图示与案例分析、解题的方法与程序、媒介与技法表现等。课题与课题之间除了由浅入深、从简单到复杂的循序渐进，更应该将语法的演绎、手法的戏剧性、资源的趣味性及效果的多样性与超越预见性等方面作为侧重点。于是，一本教材就是一个题库。教师上课可以从中各取所需，进行多种取向的编排，进行不同类型的组合。学生除了完成规定的作业外，还可以阅读其他课题及解题方法，以补充个人的体验，完善知识结构。

从某种意义上讲，以系列课题作为教材的体例，使教材摆脱了单纯讲义的性质，从而具备了类似教程的色彩，具有可供实施的可操作性。这种体例着重于课程的实践性，课题中包括了"教学方法"的含义。它所体现的价值，就在于着重解决如何将知识转换为技能的质的变化，使教材的功能从"阅读"发展为一种"动作"，进而进行一种真正意义上的素质训练。

从这一角度而言，理想的写作方式，可以是几条线索同时发展，齐头并进，如术语解释呈现为点状样式，也可以编写出专门的词汇表；如名作解读似贯穿始终的线条状；如对名人名论的分析，对方法的论叙，对原理法则的叙述，就如同面的表达方式。这样学习者在阅读教材时，就如同看蒙太奇镜头一般，可以连续不断，可以跳跃，更可以自己剪辑组合，根据个人的问题或需要产生多种使用方式。

艺术设计教材的编写方法，可以从与其学科性质接近的建筑学教材中得到借鉴，许多教材为我们提供了示范文本与直接启迪。如顾大庆的教材《设计与视知觉》，对有关视觉思维与形式教育问题进行了探讨，在一种缜密的思辨和引证中，提供了一个具有可操作性的教学手册。如贾倍思在教材《型与现代主义》中以"形的构造"为基点，教学程序和由此产生创造性思维的关系是教材的重点，线索由互相关联的三部分同时组成，即理论、练习与构成原理。如瑞士苏黎世高等理工大学建筑学专业的教材，如同一本教学日志对作业的安排精确到了小时的层次。在具体叙述中，它以现代主义建筑的特征发展作为参照系，对革命性的空间构成作出了详尽的解读，其贡献在于对建筑设计过程的规律性研究及对形体作为设计手段的探索。又如陈志华教授写作于20世纪70年代末的那本著名的《外国建筑史19世纪以前》，已成为这一领域不可逾越的经典之作，我们很难想象在那个资料缺乏而又思想禁锢的时期，居然将一部外国建筑史写得如此炉火纯青，30年来外国建筑史资料大批出现，赴国外留学专攻的学者也不计其数，但人们似乎已无勇气再去试图接近它或进行重写。

我们可以认为，一部教材的编撰，基本上应具备诸如逻辑性、全面性、前瞻性、实验性等几个方面的要求。

逻辑性要求，包括教材内容的选择与编排具有叙述的合理性，条理清晰，秩序周密，大小概念之间的链接层次分明。虽然一些基本知识可以有多种不同的编排方法，然而不管哪种方法都应结构严谨、自成一体，都应生成一个独特的系统。最终使学习者能够建立起一种知识的网络关系，形成一种线性关系。

全面性要求，包括教材在进行相关理论阐释与知识介绍时，应体现全面性原则。固然，教材可以有教师的个人观点，但就内容而言应将各种见解与解读方式，包括自己不同意的观点，包括当时正确而后来被历史证明是错误或过时的理论，都进行尽可能真实的罗列，并同时应考虑到种种理论形成的文化背景与时代语境。

前瞻性要求，包括教材的内容、论析案例、课题作业等都应具有一定的超前性，传授知识领域的前沿发展，而不是过多表述过时与滞后的经验。学生通过阅读与练习，可以使知识产生迁延性，掌握学习的方法，获得可持续发展的动力。同时一部教材发行后往往要使用若干年，虽然可以修订，但基本结构与内容已基本形成。因此，应预见到在若干年以内保持一定的先进性。

实验性要求，包括教材应具有某种不规定性，既成的经验、原理、规则应是一个开放的系统，是一个发展的过程，很多课题并没有确定的唯一解，应给学习者提供多种可能性实验的路径或多元化结果的可能性。问题、知识、方法可以显示出趣味性、戏剧性，能够激发学习者的探求欲望。它留给学习者思考的线索、探索的空间、尝试的可能及方法。

由合肥工业大学出版社出版的《高等院校应用型设计教育规划教材》，即是在当下对教材编写、出版、发行与应用情况进行反思与总结而迈出的有力一步，它试图真正使教材成为教学之本，成为课程的本体的主导部分，从而在教材编写的新的起点上去推动艺术教育事业的发展。

邬烈炎

南京艺术学院设计学院院长 教授

目录

前言

　　Adobe After Effects cs4是Adobe公司研制开发的一款用于高端视频特效系统的专业特效合成软件。它集合了多种软件中的优点，可将视频特效制作简化，提高我们的制作速度。多功效的特技系统让Adobe After Effects CS4成为实现您创意的最佳工具。与此同时，Adobe After Effects cs4仍然保留Adobe软件之间的兼容性。不仅可以帮助您方便地调入Photoshop、Illustrator的层文件，而且Premier的项目文件和Premier的EDL文件也可以近乎完美地再现于AE中。新版本还能灵活使用Adobe Photoshop CS4中修改的三维文件。操作者既可以在二维和三维的环境中工作，或将两者混合起来并在层的基础上进行匹配。

　　本书范例是笔者在长期的Adobe After Effects 教学实践过程中精心编排总结的案例，希望能够给读者展示Adobe After Effects在电视、电影、广告、多媒体等领域的应用技术和实际操作。

　　本书以实例教学为主。分别从标题、光效、校色、电视电影特效等方面，向读者全面详解Adobe After Effects CS4的操作和技巧。

　　本书的编写力求详尽，每个操作步骤都有详细说明和图解，其中实例包含大量影视艺术方面知识，即使对Adobe After Effects CS4很熟悉的读者也可以从中获益。读者只需跟着书中步骤进行操作，就能迅速熟悉软件的各种常用及主要功能，掌握各种影视后期中使用的技巧，从而迅速适应实际工作的需要。

　　若想精通Adobe After Effects CS4软件，并成长为优秀的影视后期人员，需要不断地练习，因此建议读者在熟练操作本书的范例后，更换自己拍摄的素材进行不断练习。读者还可以不断改进书中的制作方法，积累属于自己的操作诀窍，以进一步提升自己在影视后期制作中的能力。

　　由于作者水平有限，书中难免会有不妥之处，恳请广大读者批评指正。

编者

2011年6月

影视后期特效制作

第一章 Adobe After Effects CS4软件介绍

▶ 学习目标：
掌握Adobe After Effects CS4软件操作基础
▶ 学习重点：
After Effects的工具及操作面板
▶ 学习难点：
软件设置菜单各项参数的设置

　　如果很熟悉Adobe的大多数软件，那么在看到Adobe After Effects CS4界面一定有熟悉的感觉。但是对于使用其他程序的用户来说，这个界面就显得令人畏惧了。Adobe After Effects CS4是由很多尽可能让用户使用起来简单的程序组合起来的。仔细观察一下界面来熟悉那些使我们感到困难的面板。如图1-001所示。

图 1-001

　　在大概看过后，它给人留下了一个看起来很熟悉的典型工作区域。它包括经常使用的四种基本操作窗口：项目窗口，时间窗口，视图窗口和特殊功能窗口。

　　项目窗口：是用来组织全部素材（电影片段、照片、图画、传媒文件等）的地方。项目窗口看起来像个简单的取景器，或是操作系统窗口。通过电脑硬盘操作它，可以根据文件类型、大小、日期、位置来显示文件名。如图1-002所示。

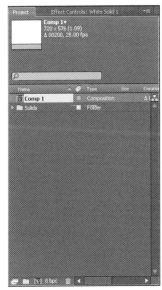

图 1-002

时间窗口：看起来就像所熟悉的按项目的分层和索引编码的编辑窗口。这是使用素材，创作影片关键框架和一般开发项目的地方。如图1-003所示。

图 1-003

视图窗口：观看项目效果和实际操作窗口。在这里，可以移动、剪切和旋转文件，放大、拉远作品，制作遮蔽物、绘画、复制和修改文件。如图1-004所示。

图 1-004

其他窗口：除主要窗口外还有一些小的不固定的调色窗口，那是提供特殊功能和选择制作方法的。可以通过在After Effects窗口的顶端的菜单栏来使用这些菜单。如图1-005所示。

所有的面板都可以重新设定，使其像扣环一样成为彼此相连的不固定的组，或者随喜好放置在任何地方。同时软件中还提供了3个预设排列方式。设计师可能会用到的工具，时间控制、资料和角色控制，但是素材大师可以使颜色保持鲜艳，追踪系统控制和漂亮的掩饰代替类型工具。如图1-006所示。

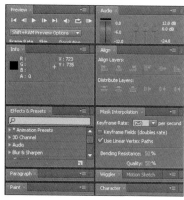

图 1-005

图 1-006

第一节　项目窗口

一、项目窗口导入工作素材

在项目窗口的左上角显示每一个选择中项目信息，并提供有关该项目的缩略图。点击其中一个小三角箭头和文件夹图标，快速显示其内容。在项目窗口左下方有5个小按钮。从左至右分别是：A.查找工作项目；B.创建文件夹；C.创建文件；D.项目单位深度；E.删除。如图1.1.1-001所示。

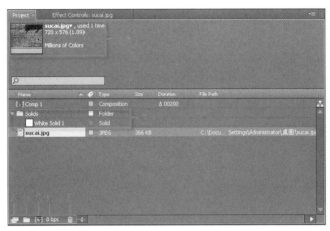

图 1.1.1-001

二、输入资源

有两个方法可以新增素材到项目窗口：利用导入对话框和从文件夹中拖放。介绍一下导入对话框的方法，因为它与其他档案管理技术使用后的效果相似。如图1.1.2-001所示。

在主菜单栏下的文件可以找到导入功能，或直接在项目窗口空白处单击右键。可以用它导入所有需要建立的项目的素材或资源。提供几种如何导入资源的方法：

File import-单一文档导入

Multiple Files import-多个文件导入

Capture in Adobe Premiere Pro-从Adobe Premiere Pro中采集入

Adobe Clip Notes Comments-Adobe注释导入

Adobe Premiere Pro Project-Adobe Premiere Pro项目导入

Vanishing Point（.vpe）-VPE格式文件导入

Placeholder creation-预留创建

Solid creation.-固体创建

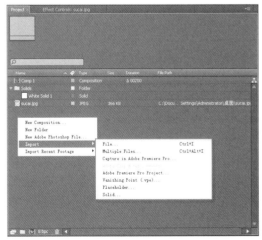

图 1.1.2-001

第二节　时间窗口

一、时间窗口为建立作品的地方

After Effects制作的主要窗口是时间轴窗口。这里令人眼花缭乱的栏目，熟悉非线性编辑程序（如Final Cut Pro中， Avid公司，和Premiere专业版）的编辑，应熟悉时间窗口。它的功能是实时控制显示帧/时间码范围内的项目，层号码和文件名，让显示或隐藏文件。但也有相似之处，对于编辑每一层提供更多的选择有相当大的影响。如图1.2.1-001所示。

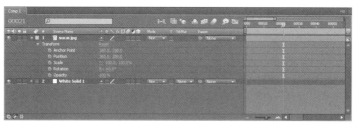

图 1.2.1-001

了解时间窗口需要先建立项目。开始建立一个新项目。建立新的合成层。选择Composition.>NewComposition （合成>新合成层）菜单命令，或者使用快捷键：Ctrl+N。打开设置对话框，显示预设方案的组成规模、帧速率、时间等。如图1.2.1-002所示。

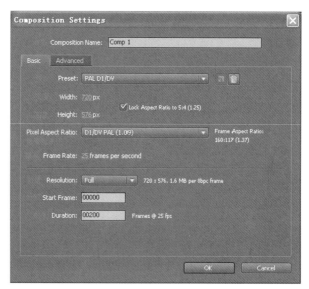

图 1.2.1-002

图 1.2.1-003

Preset（预设）：After Effects有几个常用的设置在预置下拉菜单下面。每一个用户的修改可以被保存为一个新的预置。例如，默认的HDTV预设为1920×1080/24帧。如果发现高清晰度电视工作在25帧，所有需要做的就是改变帧速率为25张，然后按一下新建图标旁边的预设名称，键入一个新名称XHDTV 1080i 25，然后按确定。它会被添加到底部的预设菜单。如图1.2.1-003所示。

Pixel Aspect Ratio（像素高宽比）：这个设置确定最后将如何考虑宽屏或标准。关键是开始工作前就知道最后的项目将被如何观看，否则会花费时间来重新格式化作文的层次，以适合正确的屏幕尺寸。在像素比下拉菜单中，会看到最常见的标准设置：像素、数字电视、16：9宽屏幕和电影银幕。如图1.2.1-004所示。

　　新建实体层。选择Layer>New>Solid（层>新建>实体层）菜单命令，或者使用快捷键：Ctrl+Y。打开设置'对话框，显示预设方案的组成规模、尺寸、颜色等。如图1.2.1-005所示。

图 1.2.1-004

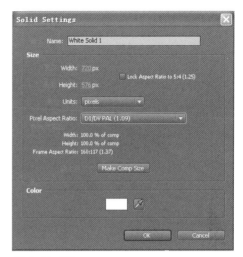

图 1.2.1-005

　　在时间窗口中有很多按钮，这些按钮有些是方便操作，有些是产生图层效果。下面就从左至右逐个介绍一下这些按钮的用途。如图1.2.1-006所示。

A. 时间码显示区：在此处会显示当前帧时间码。

B. 搜索栏：搜索的内容，从复杂的层中找到需要。

C. 迷你流：查看各个节点，看看里面，而无需实际打开它。

D. 实时更新：实时刷新视图窗口界面。

E. 简单3D：显示简单化3D效果。

F. 隐藏：控制全部图层隐藏显示开关。

G. 帧融合：差值帧和原帧之间产生均匀过渡显示开关。

H. 运动模糊：控制全部图层的运动模糊显示开关。

I. 点子会议：软件自动计算出关键帧运动的9种运动偏移。

J. 运动曲线：运动曲线面部开关。

K. 时间线：时间标尺。

图 1.2.1-006

这部分按钮是控制整体效果的，对所有图层都产生影响。下面介绍一下分别控制各个单独层的按钮。如图1.2.1-007所示。

图 1.2.1-007

A. 眼球：视频隐藏/显示开关。

B. 声音：音频静音开关（如果有音频资料）。

C. 单独显示：这个按钮使选定的层从其他层中分离，使用户能单独观察该层在工作层上的影响选择/效果。

D. 锁：很简单，它阻止任何选定层的改变，有意的或无意的。

E. 标签：图层颜色表示，只起到区分图层左右，对图层本身没有影响。

F. 编号：图形序号，按从上到下的序列排序。

图 1.2.1-008

G. 名称：图层名称显示。

A. 隐藏：可以时刻被隐藏，但仍然在视图窗口显示。这是当项目变得臃肿，太多层翻阅时给予帮助。

小技巧：如果有许多层隐藏，而且继续添加更多的层，观察层的号码，掌握使用"尝试"按钮。

B. 光栅：嵌套以后，还原嵌套层内部的原始效果。

C. 质量：控制图层质量，在制作过程中，可以减少内存，提高计算机运行速度。

D. 效果：滤镜效果时候开关。

E. 帧融合：差值帧和原帧之间产生均匀过渡显示开关。

F. 运动模糊按钮：可以使图像在运动时，产生模糊效果。小技巧：运动模糊效果非常耗散计算机内存，在制作过程中建议最后生成输出的时候再打开。

G. 调整层：使得此层为调整层。

H. 3D：控制图层3D属性，打开属性开关可以使图层拥有3D属性。

I. Mode：混合模式是在一层的图像下贴上其他层的方法（添加、减去、变暗、饱和度、颜色等）。稍后会详细介绍混合模式。

J. 层组开关：使此图层下面所有层做上层的蒙板。

K. 层蒙板：使上层为下层蒙板。

L. 父子关系：父子连接，使子层承载父层的所有运动信息，父层不受子层影响。

最边的左箭头键（右下突出的按钮）的功能项目窗口的展开文件箭头相同：打开这层各种可调整的工具。基本材料的每一层是可变的。它有五个动画属性，可以适用于所有图像媒体。如图1.2.1-009所示。

图 1.2.1-009

- Anchor Point 锚点
- Position 位置
- Scale 比例
- Rotation 旋转
- Opacity 不透明

所有这些改变控制层的图象将被视为和改变动画片的时间轴。

锚点（a）：这个数字确定了图像的物理中心点。这是所有关于位置、旋转和比例发生的地方。

位置（P）：这些数字在这里指的是当前写作窗口的图像X和Y坐标。确定相对于锚点在屏幕上的位置。

比例（S）：可以同时限制或个别改变图片纵向和横向的大小。可以解开限制，使尺寸改变，然后再重新锁定限制，允许按新值的比例缩放。

旋转（R）：用此旋转图片。旋转值设置是在图像的偏移度数，加上一个整数作为充分旋转。图像旋转765°将转化为2×45°，而−435°会转化为−1×−75°。

不透明（T）：这是图像的总体透明度设置。在100%时整个图像是可见的，在0%时就消失了。

（请注意，每一个相关的键盘快捷键的改变要转换旁边文字的名称。）

二、有几种方法来改变任何变换值。

浮动的光标在任何蓝色数字上会变成一只手的两个箭头。然后点击拖动左边或右边，要么递增或递减数值。

单击任何数字和参数将随时可以通过一个突出显示的小方块手动设置键盘。

在名称上右击改变和打开一个菜单，可以重启这一功能的参数或手动修改数字。另外，直接右击参数获得相同的编辑窗口。

三、重命名层

选择要命名的层，然后按回车输入新层名称，然后再按回车。一但重命名层名称，那么该栏标题名称也会更改，单击标题将恢复原名称。

第三节　视图窗口

视图窗口可以观看当前工作状态。如图1.3.1-001所示。

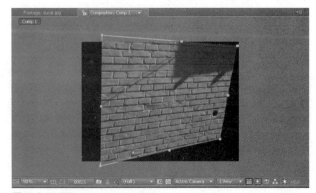

图 1.3.1-001

视图窗口可以预览项目。在这里可以更改素材（移动，缩放，旋转，掩饰）、撰写文字、扭曲层等。下面从左至右介绍一下视图窗口的按钮用途。如图1.3.1-002所示。

图1.3.1-002

A. 显示比例：右边弹出的就是放大率比。此设置缩放图片使之在窗口显得更紧密或更疏松，让工作更准确、轻松。通过单击百分比来精确地选择图片。然后拖到需要的设置，或按逗号"，"键缩小，按句号"。"键放大。如图1.3.1-003所示。

B. 安全线：当建立一个项目时，必须确保建立的项目被看到。利用安全格以确保最重要的信息（尤其是文字）不会被屏幕边框遮盖。此外，可调的间隔格在预置菜单中。按撇"'"键，激活安全格。如图1.3.1-004所示。

图 1.3.1-003

图 1.3.1-004

C. 路径显示：观看掩饰的按钮。可以隐藏或显示掩饰的轮廓，但并不影响掩饰的功能。

D. 时间码：帧/时间显示当前帧编号、计数录影或时间码的时间。单击或按Ctrl+G，打开时间的对话框。如图1.3.1-005所示。

图 1.3.1-005

E. 快照：快速捕捉当前屏幕的图片。

F. 快照显示：保存的快照和现在的图片之间进行切换以供参考。

G. 色盘：通过四色通道可以使作品中的RGB颜色和Alpha的颜色孤立。当调整设置时或者试图分析图像的色彩精确度时会给予帮助。当选择的任何一个相对色块时，相应的预览窗口颜色框会通过按钮来及时提醒操作者。如图1.3.1-006所示。

图 1.3.1-006

H. 渲染质量：为了节省内存，加快渲染过程，可以调整视图窗口的影片质量：全部、一半、三分之一、四分之一或自定义。可以通过预置菜单的分辨率来链接到放大率。这个链接的优势是：通过图象节省RAM的内存，来相应的提高图象掩饰的尺寸。一个快速说明：每减半的屏幕分辨率/放大，内存需求下降4个要素。如图1.3.1-007所示。

I. 局部渲染：有时需要单独渲染视图窗口中的某一具体区域，以增加界面的反应。

J. 网格：点击切换透明网格。以一个明确的棋盘格中看Photoshop，并从写作窗口转换背景的默认颜色（可选择按Ctrl + Shift +B）。

K. 视图：使用三维层和摄像机，在这个下拉菜单中选择预览。如图1.3.1-008所示。

L. 视图窗口：可以使用多个视窗同时观察图像在各个视图中的效果。如图1.3.1-009所示。

图 1.3.1-007

图 1.3.1-008

图 1.3.1-009

M. 像素长宽比补偿：以图像的变形/宽屏挤压纠正视图窗口，模拟监视器显示。

N. 快速预览和OpenGL交互设置：改变屏幕互动重画的模式。如果有一个快速的OpenGL视频卡，使用OpenGL，反应明显增加了。作为替代的OpenGL，可以使用自动适应，以弥补缓慢重画。如图1.3.1-010所示

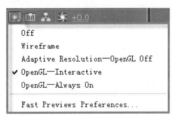
图 1.3.1-010

O. 时间轴按钮：显示素材时间轴上相关的位置。

P. 流程图图片：打开另一个窗口时，可以浏览所制作的工程文件结构。

Q. 光圈：调解视图窗口明暗度。

第四节　其他面板

在其他面板介绍中，将介绍制作中常用的3个面板。

一、工具栏

这里设置光标功能。有许多种功能的图标，可重复点击图标的快捷键或通过点击和拖动的图标来打开一个菜单上的选项。下面从左至右逐个介绍。如图1.4.1-001所示。

图 1.4.1-001

A. 选择工具：用来复位或激活项目层。快捷键：V

B. 手抓工具：整个行动工作的比较窗口。快捷键：H

C. 放大缩小工具：放大或减少工作空间。快捷键：Z

D. 旋转工具：选择和旋转任何层或者二维和三维模式。快捷键：w

E. 摄像机工具：运用位置，旋转，缩放和任何三个摄像机放置在一个资料中。快捷键：C

F. 选背景和固定：重新配置支点层和幻灯片。时间轴层的内容编辑功能。快捷键：Y

G. 图形—创建：个椭圆形或方形图形遮罩。快捷键：Q

H. 钢笔工具：灵活的创建或修改矢量路径，遮罩或物体跟随的路径。快捷键：

I. 文字工具：在视图窗口中直接输入字符。快捷键：Ctrl+T

J. 画笔工具：允许在任何工作层直接接触或完成绘画。

K. 印章工具：让图像从选定区域到另一个区域，隐藏在修改项目中的一个功能项。

L. 橡皮工具：作品与绘画工具，在Photosho或任何画图程序中用橡皮的效果一样。快捷键：Ctrl+B

3D坐标轴方式：用光标输入来设置三维相机的方法，灯光和层的反应。

二、信息窗口面板

为现在的工作提供关键性有效数据。如图1.4.2–001所示。

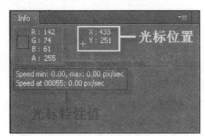

图 1.4.2–001

像素值：描述了目前光标指示下颜色的像素。点击信息窗口将切换读出不同的色彩空间模式。

光标位置：提供位于层或视图窗某点的坐标。

光标特性值：显示对任何目前正在执行功能，即转角、规模变化、时间码的位置等。

三、时间控制面板

使用此菜单中进行的RAM预览或手动检查项目。如图1.4.3–001所示。

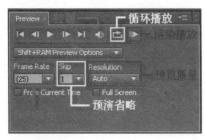

图 1.4.3–001

控制：进行播放或跳到下一段，预览控制。

循环播放：设置、回放、循环或一个预览然后停止的两种方法。

渲染播放：激活渲染的成分或播放录像和实时播放层的窗口。

预演速度：预览将播放的速度，帧/秒。

预演省略：允许预览每跳"n次方"帧数。以加速预览使用更少的系统内存。

预览质量：确定了工作像素精度，使内存预览。低质量的百分比提高预览速度和使用更少的内存。

第五节　应用设置

Adobe After Effects CS4可以提供更多选择，自定义的互动界面以及项目和文件的应用。点击编辑→偏好→一般。

一、Genera（一般）设置。

设置软件基本信息。如图1.5.1-001所示。

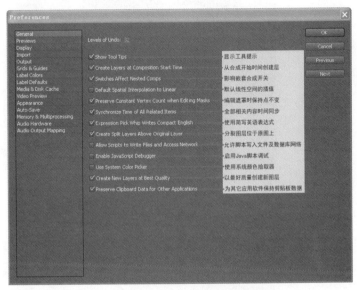

图 1.5.1-001

二、Previews（预览）设置

在这可以调整窗口的组成和开放图形语言的选项信息。可以设定的水平自动适应退化，自动减少预览分辨率以增加预览反应。在CPU和驱动越来越慢和艰难的情况下，将其设置为1／8 或者1／4都可。在音频预览节，可以设定预览音频的循环和质量。为了节省内存，把采样率降至22kHz，8bit和单声道（Mono）。这会得到更多的内存来进行更快更长的预览。如图1.5.2-001所示。

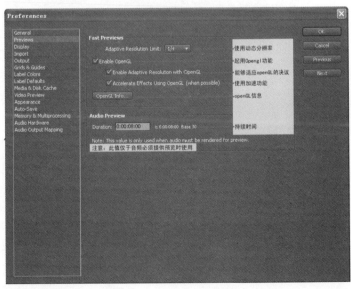

图 1.5.2-001

三、 Display（显示）设置

可改变窗口，它将显示运动路径轨迹。如图1.5.3-001所示。

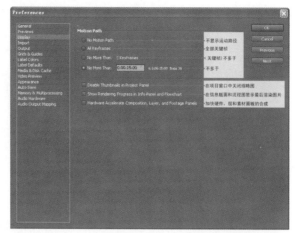

图 1.5.3-001

四、Import（输入）设置

确保帧速率和影片的基本时间码相符。如图1.5.4-001所示。

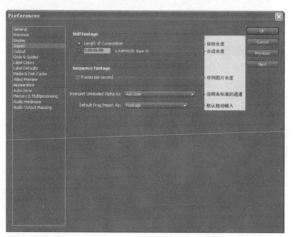

图 1.5.4-001

图 1.5.5-001

五、 Output（输出）设置

跨平台文件共享，可能会遇到了一些文件的大小限制。在输出一页，可以选择的自动宏。项目纳入短期的QuickTime作为After Effects来使用。只要按一下分割影片文件在复选框，然后输入所需要的文件大小限制（对于大多数系统，应设定为4095MB或4GB）。但对于其他原因：溢出允许提供多个驱动以及当磁盘装满时自动挪到下个磁盘。如图1.5.5-001所示。

六、Grids&Guides（网格&向导）设置

参考线属性设置。如图1.5.6-001所示。

七、 Label Guides（标签向导）设置

标签颜色设置。如图1.5.7-001所示。

八、 Label Defaults（标签默认）设置

标签默认属性设置。如图1.5.8-001所示。

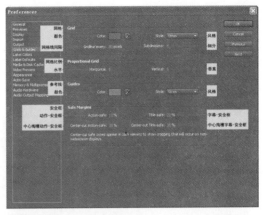

图1.5.6-001

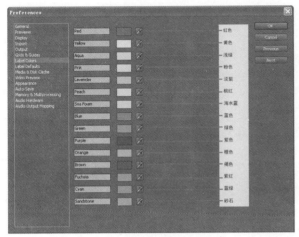

图 1.5.7-001

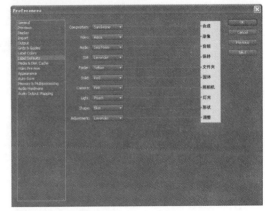

图 1.5.8-001

九、 Meda & Disk Cache（内存和缓冲）设置

After Effects一直保持提供磁盘的高速缓存。这加速了I/O的整体进程，给用户更快的响应时间来完成作品。这个功能创建了一个专门的预设大小档案，来追踪不变资源或层。可以按照个人喜好设定，但文件过大会降低系统的整体性能，应使它保持在2GB或4GB（如果使用的是Windows电脑运行FAT32文件系统，不能有任何大文件大于4GB）。设置选择文件夹安置在最快的硬盘和选择任意一个文件夹，其他设置确定系统内存和虚拟内存共享大小的分配按照默认设置就可以，但如果在同一时间运行许多其他应用程序（比如Photoshop，Illustrator，Maya，3ds Max等），会发现系统的内存使用太多。所以应决定那个软件最需要的内存以及如何最好地分配。如图1.5.9-001所示。

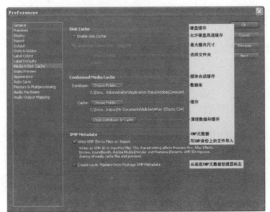

图 1.5.9-001

十、 Video Preview（视频预览）设置

如果能够通FireWire进行高速连接的机器，或者一个专门的D1，或者高清晰度（DH）视频输出卡，After Effects可以播放其窗口（预览窗）到电视或高清监视器。确保可以极其方便地看到设计方面事实上，电脑的显示器即使在播放普通电视剧时都不够准确（或更准确）。通过连接一个DV到电视，更有可能看到颜色的原始状态和错误，而这些不仅是电脑显示器上看到的。使用下拉菜单选择可以使用的输出设备，然后选择输出模式（NTSC或PAL）。但是，选择越多，速度越慢。如图1.5.10-001所示。

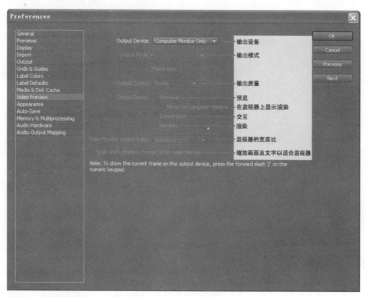

图 1.5.10-001

十一、Appearance（外观）

提供调整After Effects外观的选项。使界面变亮或变暗到你所喜欢的样子，或者保持原本的样子，来配合其他Adobe公司的应用程序。如图1.5.11-001所示。

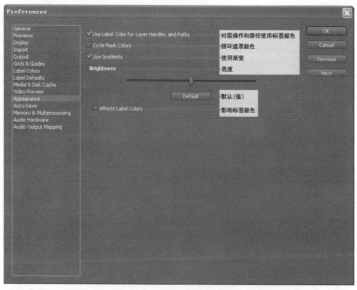

图 1.5.11-001

十二、Auto-Save（自动储存）设置

提供定时自动保存功能，随时记录文件。可以有效防止软件崩溃造成的数据丢失。如图1.5.12-001所示。

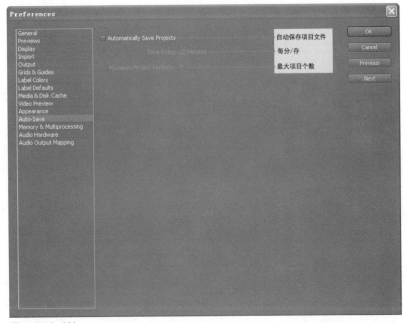

图 1.5.12-001

十三、 Memory & Multiprocessing（内存&处理器）设置

这里可以设置多盒CPU，内存分配。有效地提高工作速度。如图1.5.13-001所示。

十四、Audio Hardware（声音硬件）设置

声卡参数设置。如图1.5.14-001所示。

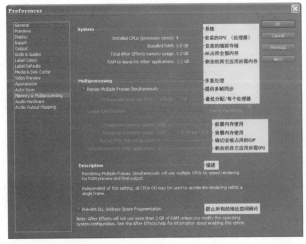

图 1.5.13-001

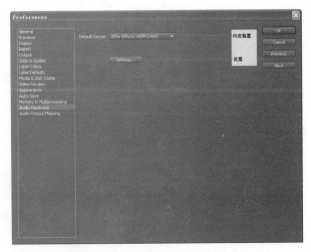

图 1.5.14-001

十五、Audio Output Mapping（声音输出）设置

声道属性设置。如图1.5.15-001所示。

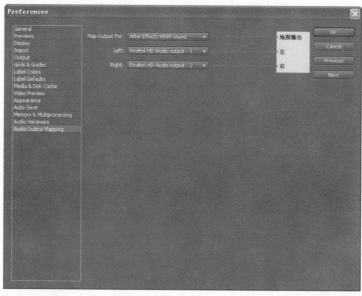

图 1.5.15-001

[本章小结]

　　在这些简单的引导中只能覆盖不多的一些功能。试着把最常见的功能和最常面临的障碍变得不那么复杂于细节。经过如此的包罗万象，满足每个用户的期望是不可能的。

　　但是，这是令人震惊的是，即使对它的了解一知半解，也可以用After Effects完成创作。所有这一切对创造高手的要求仅是尝试的欲望，抓住机会，并沉浸在它的编辑工具中。学习和借鉴他人的经验。不过，最重要的是享受创作过程。

思考与练习

1. 熟悉项目窗口使用。
2. 熟练掌握素材导入的方式
3. 掌握时间窗口中按钮的作用与使用。
4. 熟练掌握图层属性的设置与操作。
5. 视图窗口中按钮的作用与使用。
6. 掌握工具栏中各个工具的实际应用。
7. 读懂信息窗口中的信息含义。
8. 掌握时间控制面板的实际应用。
5. 熟悉软件设置菜单的各项参数。

实训标准

　　掌握项目窗口、时间窗口、视图窗口、工具栏、信息面板、时间控制面板的作用与实际应用。在个人电脑中设置软件设置菜单。

第二章　实例分析

▶ 学习目标：

通过实例操作练习，学习After Effects CS4制作影视片头等，从而掌握软件。

▶ 学习重点：

动画制作，遮罩运用，文字及特效滤镜使用。

▶ 学习难点：

滤镜的组合应用及参数设置

通过本章的实例制作学习，可以让读者最快速度掌握Adobe After Effects CS4。熟悉软件在实际操作过程中的使用。

在学习本章时，建议读者完整地看完一个实例后，再开始制作练习。这样能培养读者以 "从想要达到什么效果，到怎么样达到" 的思路方式。同时也能更好地理解实例中每步为什么这样做，为什么使用这个滤镜的原因。

通过本章的学习，要求读者看到一个特效镜头，就能很快地分析出这个特效是如何制作的。

在学习过程中，读者要切记每个效果的制作方法不只有一种。本书所介绍的只是众多方法中的其中一种，不仅教读者如何使用软件，还培养读者的思维方式。另外还有更多的方法等待读者发现。

▶ 第一节　标题制作

一、翻入的标题

过程演示

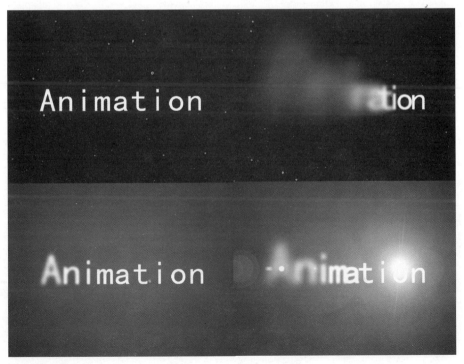

图 2.1.1-001

　　实例使用文字层动画效果命令制作出标题动画。本实例通过图层动画菜单命令，对标题层进行范围、透明、模糊、位移等控制。让文字运动变得更丰富，用镜头光效果产生文字交错的效果，吸引观众对标题的注意力，加深对标题内容的影响。

　　镜头光：由数块镜片构成的照相镜头。光通过镜头时产生有害的反射，以至蒙盖了画面，称此为光斑。于是照相镜头的涂布也起到防止光斑的作用。尤其在逆光摄影时，若不装上镜头遮光罩，就容易产生光斑。

　　制作流程：首先创建文字层，添加动画效果，记录动画关键帧，设置动画菜单参数，然后用遮罩制作背景。最后添加镜头光，记录滤镜关键帧，使其和文字运动产生碰撞感。

　　最终效果如图2.1.1-002所示。

图 2.1.1-002

本章涉及的主要知识点如下：

● 文字层动画效果

● 遮罩

● 镜头光

标题制作

步骤1：

　　（1）打开Adobe After Effects CS4，建立新的合成层。选择Composition.>NewComposition（合成>新合成层）菜单命令，或者使用快捷键：Ctrl+N。在弹出的合成层设置对话框中设置合成层参数。在Basic（基本）选项卡中分别设置Preset（预设）、Width（宽度）、Height（高度）、Pixel Aspect Ratio（像素纵横比）、Frame Rate（帧频）和Duration（时长），如图2.1.1-003所示。

　　（2）建立标题层。选择Layer>New>Text（层>新建>文字）菜单命令，或者使用快捷键：Crtrl+Alt+Shif+T。在视窗中光标闪动处输入标题，如图2.1.1-004所示。

图 2.1.1-003

图 2.1.1-004

步骤2:

（1）添加文字层动画效果。单击箭头展开文字层效果属性，在展开的Text（文本）属性中单击Animate（动画），在弹出菜单中选择Scale（范围）菜单命令。为标题添加范围动画命令，控制标题动画范围。如图2.1.1-005所示。

图 2.1.1-005

（2）增加动画效果。选择Animator 1（动画1）菜单属性，点击Add（增加），在弹出菜单中选择Property>Opacity和Blur（性质>不透明度和模糊）菜单命令。添加不透明度和模糊动画命令，控制标题透明度和模糊动画。如图2.1.1-006所示。

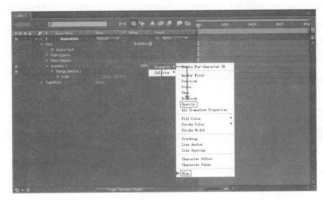

图 2.1.1-006

步骤3:

（1）选择文字层，将时间轴设置为0帧。单击箭头展开Animator 1菜单，在展开的Range Selector 1菜单中打开Offset（位移）关键帧记录，设置Offset（位移）、Scale（范围）、Opacity（透明度）、Blur（模糊）参数。设置范围动画菜单中位移命令参数，做位移动画。设置范围命令，控制动画影响范围。设置不透明度，控制标题在运动时产生不透明度。设置模糊度，控制标题层运动时产生模糊。如图2.1.1-007所示。

图 2.1.1-007

（2）将时间轴设置为36帧。在展开的Range Selector 1菜单中打开设置Offset（位移）参数。设置位移动画关键帧，滑动时间轴观察视图窗口标题动画。如图2.1.1-008所示。

图 2.1.1-008

步骤4：

（1）设置文字层属性。单击箭头展开文字层属性，在展开的More Options菜单中设置Anchor Point Gruping（锚点点类型）Gruping Alignment（分类调整）。设置标题动画锚点点类型，是标题锚点运动成线。设置标题动画分类调整，控制标题字动画间隔。如图2.1.1-009所示。

图 2.1.1-009

（2）设置高级动画属性。单击箭头展开文字层动画属性，在展开的Advanced菜单中设置Shape（形状）、Ease Low（缓速低）参数。设置形状，控制时标题运动反过来。设置缓速低，控制标题运动速度。如图2.1.1-010所示。

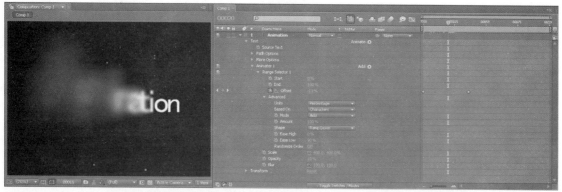

图 2.1.1-010

步骤5：

（1）制作背景层。新建实体层，选择Layer>New>Solid（层>新建>实体层）菜单命令，或者使用快捷键：Ctrl+Y。在弹出的实体层设置对话框中设置实体层参数。Name（命名）、color（颜色）并单击Make Comp Size（确定层尺寸）按钮，如图2.1.1-011所示。

（2）新建实体层，选择Layer>New>Solid（层>新建>实体层）菜单命令，或者使用快捷键：Ctrl+Y。在弹出的实体层设置对话框中设置实体层参数。Name（命名）、color（颜色）并单击Make Comp Size（确定层尺寸）按钮，如图2.1.1-012所示。

图 2.1.1-011　　　　　　　　　　图 2.1.1-012

（3）调整图层位置。拖动图层调整图层上下位置。调整图层层级关系。如图2.1.1-013所示。

图 2.1.1-013

（4）制作遮罩。工具栏选择圆形工具，双击圆形工具按钮。双击椭圆形工具，使其在图层上产生按照窗口大小的椭圆。如图2.1.1-014所示。

图 2.1.1-014

（5）选择[zhezhao]层，单击箭头展开[zhezhao]层属性。在展开的Mask1菜单中设置遮罩类型、Mask Feather（遮罩羽化）参数。设置遮罩羽化值，使遮罩产生透明度渐变，叠加在背景层上产生渐变的圆形图案，也可以用渐变滤镜作此效果。如图2.1.1-015所示。

图 2.1.1-015

步骤6：

（1）制作光效。新建实体层，选择Layer>New>Solid（层>新建>实体层）菜单命令，或者使用快捷键：Ctrl+Y。在弹出的实体层设置对话框中设置实体层参数。Name（命名）并单击Make Comp Size（确定层尺寸）按钮，如图2.1.1–016所示。

图 2.1.1–016

（2）为[guang]层添加滤镜。选中［guang］层，选择Effect>Generate>Lens Flare（效果>产生>镜头光）菜单命令。

（3）设置镜头光滤镜参数。将时间轴设置为0 帧。在Effect Controls guang（效果参数guang）菜单中设置Lens Flare参数。打开Flare Center（闪光中心）关键帧记录开关，设置Flare Center（闪光中心）、Lens Type（镜头类型）。设置射光中心点位置为左边，标题运动是从右至左，所以闪光需要从左至右运动，产生交错效果。设置镜头类型，选择镜头光类型。如图2.1.1–017所示。

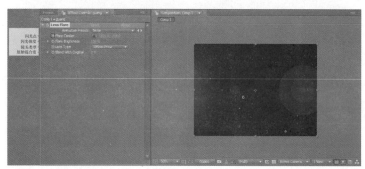

图 2.1.1–017

（4）将时间轴设置为36 帧。在Effect Controls guang（效果参数guang）菜单中设置Lens Flare参数。Flare Center（闪光中心）。设置闪光中心点到右侧，产生镜头光从左至右的动画。如图2.1.1–018所示。

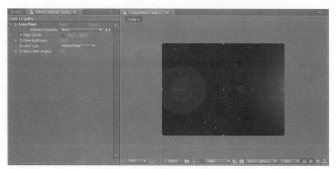

图 2.1.1–018

（5）调整镜头光关键帧。选择[guang]层，单击箭头展开[guang]层效果属性，在展开的Lens Flare菜单中框选Flare Center关键帧，单击右键在弹出菜单中选择Keyframe Assistant>Easy Ease（关键帧辅助）简单缓速）菜单命令，或者使用快捷键：F9。设置关键帧为简单缓速，使镜头光运动产生加速减速效果。如图2.1.1-019所示。

图 2.1.1-019

（6）调整层混合模式。选择[guang]层和文字层，设置Mode参数。设置图层混合模式，使镜头光和文字层混合，同时显示。如图2.1.1-020所示。

图 2.1.1-020

最终效果如图2.1.1-021所示。

图 2.1.1-021

[小结]

实例已经制作完毕，回顾一下刚才的制作过程：首先制作文字层，添加图层动画，设置图层动画效果，设置标题动画，设置范围、不透明度、模糊，使标题在运动时产生透明和模糊效果。调整标题动画参数，调整标题动画运动方式。制作背景图层图案，利用遮罩工具制作背景图案。用镜头光滤镜制作运动的光，设置镜头光滤镜使镜头光运动和标题运动产生交错。设置图层混合模式显出文字层。

需要注意以下几点：

- 文字层动画效果应用
- 关键帧调整
- 背景可依据个人喜好制作

思考与练习

1. 掌握文字层图层动画使用以及实际应用。
2. 为某电视剧制作片名动画。

实训标准

熟练掌握文字层图层动画实际应用，制作出的片头动画需要符合该影片风格。

二、写出的标题

过程演示

图 2.1.2-001

实例使用笔划滤镜，按照绘制好的路径，制作出遮罩动画写出标题。制作文字路径时需要注意文字书写顺序，路经要在文字中心。当摄像机停止运动时，利用置换使标题按墙面纹理扭曲，使标题贴在墙面上。

路径：在Adobe After Effects CS4是使用贝赛尔曲线所构成的一段闭合或者开放的曲线段。绘制时产生的线条称为路径。路径由一个或多个直线段或曲线段组成。线段的起始点和结束点由锚点标记，就像用于固定线的针。通过编辑路径的锚点，可以改变路径的形状。通过拖动方向线末尾类似锚点的方向点来控制曲线。路径可以是开放的，也可以是闭合的。对于开放路径，路径的起始锚点称为端点。

制作流程：首先制作文字层，绘制路径，设置滤镜。然后倒入背景图片，加入灯光，调整图层属性。添加标题效果，制作摄像机运动动画。

最终效果如图2.1.2-002所示。

图 2.1.2-002

本章涉及的主要知识点如下：
● 路径绘制
● 描边滤镜
● 绘制路径时按照文字书写的顺序笔画绘制
● 贴图置换
● Separate Dimensions 功能

1. 标题制作

步骤1：

（1）打开Adobe After Effects CS4，建立新的合成层。选择Composition.>NewComposition（合成>新合成层）菜单命令，或者使用快捷键：Ctrl+N。在弹出的合成层设置对话框中设置合成层参数。在Basic（基本）选项卡中分别设置Preset（预设）、Width（宽度）、Height（高度）、Pixel Aspect Ratio（像素纵横比）、Frame Rate（帧频）和Duration（时长），如图2.1.2-003所示。

（2）建立标题层。选择Layer>New> Text （层>新建>文字）菜单命令，或者使用快捷键：Crtrl+Alt+Shif+T。在视窗中光标闪动处输入标题，如图2.1.2-004所示。

图 2.1.2-003

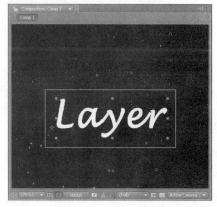

图 2.1.2-004

步骤2：

（1）制作路径。选择钢笔工具，如图2.1.2-005所示。

图 2.1.2-005

（2）选中文字层，在视图窗口按照文字的线条用钢笔工具绘制路径。绘制路径时注意需要按照书写笔划顺序，路径绘制完成后不要闭合路径。如图2.1.2-006所示。

图 2.1.2-006

（3）为效果层添加滤镜。选中效果层，选择Effect>Generate>Stroke（效果>产生>笔划）。

（4）设置Stroke参数。在Effect Controls：Layer（效果参数：Layer）菜单中设置Stroke参数。Path（路径）、Brush Size（画笔尺寸）、Paint Style（涂料风格）。设置笔划滤镜，设置路径为mask1路径。设置画笔尺寸，控制显示范围。设置涂料风格，控制显示样式。如图2.1.2-007所示。

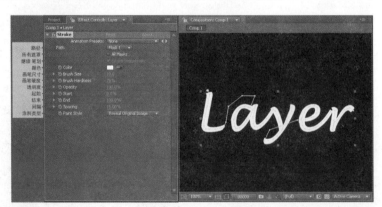

图 2.1.2-007

步骤3：

（1）设置Stroke关键帧。将时间轴设置为0帧，在Effect Controls：Layer（效果参数：Layer）菜单中设置Stroke参数。打开End（结束）关键帧记录开关。设置结束关键帧动画。模拟写字的效果，使标题按照书写顺序逐渐显示。如图2.1.2-008所示。

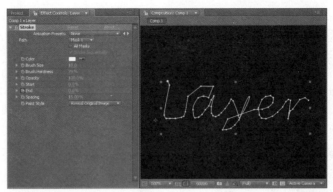

图 2.1.2-008

（2）将时间轴设置为72帧，在Effect Controls：Layer （效果参数：Layer ）菜单中设置Stroke参数、End（结束）。设置结束为100%，标题全部显示。如图2.1.2-009所示。

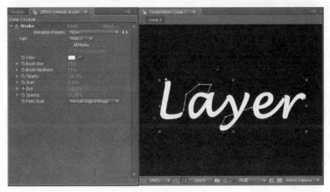

图 2.1.2-009

步骤4：

（1）制作背景。导入素材。选择Project（素材）菜单，在空灰色区域单击鼠标右键，在弹出的对话框中选择Import>File（输入>文件）。

（2）将素材图片拖动到合成层中。选择Project（素材）菜单，将导入的素材图片拖动到合成层中，如图2.1.2-010所示。

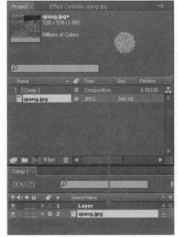

图 2.1.2-010

（3）建立灯光。选择Layer>New>Light（层>新建>灯光）菜单命令，或者使用快捷键：Ctrl+Alt+Shift+L。在弹出的灯光设置对话框中调整灯光参数。Light Type（灯光类型）、Intensity（强度），如图2.1.2-011所示。

（4）设置图层属性。打开文字层和[qiangmian]层3D属性开关，调整文字层Mode属性。调整文字层混合模式，使文字层按照墙面颜色变化产生变化，融入墙面。

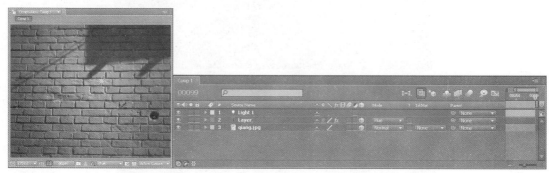

图 2.1.2-011

步骤5：

（1）添加效果。添加贴图置换滤镜，为Layer层添加滤镜。选中Layer层，选择Effect> Distort >Displacement Map（效果菜单>扭曲>贴图置换）。

（2）设置贴图置换滤镜参数。在Effect Controls：Layer（效果参数：Layer）菜单中设置Displacement Map参数。Displacement Map Laye（置换贴图层）、Use For Horizontal Displacement（作水平置换用）、Max Horizontal Displacement（最大水平置换）、Use For Vertical Displacement（作垂直置换用）、Max Vertical Displacement（最大垂直置换）。设置置换贴图层，使背景图片作为标题层置换时，设置作水平置换用、作垂直置换用为红色通道，因为图像是以红色基调为主。设置最大水平置换、最大垂直置换，控制图像受影响强弱度。使标题层按墙面纹理发生扭曲，使看起来更像写在墙面上。如图2.1.2-012所示。

图 2.1.2-012

（3）为Layer层添加滤镜。选中标题层，选择Effect>Stylize> Glow（效果菜单>风格化>辉光）。

（4）设置辉光滤镜参数。在Effect Controls：Layer（效果参数：Layer）菜单中设置Glow参数。Glow

Threshold（辉光极限）、Glow Radius（辉光范围）、Glow Intesity（辉光强度）、Composite Original（混合原始色）、Glow Colors（辉光颜色）、Color A（颜色A）、Color B（颜色B）。设置辉光极限和辉光范围，控制标题流光发光范围。设置辉光强度，控制辉光亮度。设置混合原始色，使辉光只对标题边缘影响。设置辉光颜色，控制标题发光颜色渐变类型。设置AB颜色，产生渐变颜色。如图2.1.2-013所示。

图 2.1.2-013

（5）做图层嵌套。选中所有层，选择Layer> Pre Compose（层>合成嵌套）菜单命令，或者使用快捷键：Ctrl+Shift+C，在探出的合成嵌套对话框中调整嵌套参数。Name（命名）、Move all attribtes into new composition（移动全部到新合成层中）。如图2.1.2-014所示。

图 2.1.2-014

步骤6：

（1）建立摄影机。选择Layer>New>Camera（层>新建>摄影机）菜单命令，或者使用快捷键：Ctrl+Alt+Shift+C。在弹出的摄影机设置对话框中设置摄像机参数Preset（预设），使用标准镜头35mm镜头。如图2.1.2-015所示。

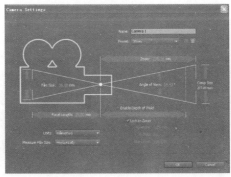

图 2.1.2-015

　　（2）摄像机运动关键帧记录。选择摄像机控制工具在视图窗口中设置摄像机位置。选中摄像层，单击箭头展开摄像机层属性菜单，将时间轴设置在第0帧，在展开的Transform菜单中设置参数。打开Point of Interest（锚点）、Position（位置）关键帧记录。选择摄像机控制工具。在视图窗中用摄像机控制工具调整摄像机位置、角度。调整摄像机角度到左中靠近墙面位置。打开摄像机关键帧记录设置摄像机运动动画。如图2.1.2-016所示。

图 2.1.2-016

　　（3）将时间轴设置在第75帧，在视图窗中用摄像机控制工具调整摄像机位置、角度。调整摄像机角度到中心偏右下。0到75帧关键帧设置参照文字书写速度设置。如图2.1.2-017所示。

图 2.1.2-017

　　（4）将时间轴设置在第99帧，在视图窗中用摄像机控制工具调整摄像机位置、角度。使摄像机正对墙面。75到99帧制作摄像机拉运动。如图2.1.2-018所示。

图 2.1.2-018

（5）设置摄像机运动曲线图。单击打开Position（位置）曲线图。使用Adobe After Effects CS4中新功能Separate Dimensions（分开度量）功能。分开度量功能可以将位置参数XYZ轴分开控制运动曲线，分别调整XYZ运动速度。如图2.1.2-019所示。

图 2.1.2-019

最终效果如图2.1.2-020所示。

图 2.1.2-020

[小结]

实例已经制作完毕，回顾一下刚才的制作过程。首先制作文字标题，使用钢笔工具按标题文字笔画顺序制作路径。使用笔画路径滤镜，制作写字效果。导入背景层，加入灯光影响背景层颜色，产生层次。设置图层混合模式，使标题融入背景中。为标题添加贴图置换和光滤镜，制作标题边缘，使标题按墙面产生扭曲。嵌套图层，设置摄像机动画。使用Separate Dimensions功能分别对XYZ轴调整运动曲线。

需要注意以下几点：

● 绘制路径时按照文字书写的顺序笔画绘制

● 贴图置换

● Separate Dimensions 功能

思考与练习

1. 掌握钢笔工具和笔画滤镜作用以及实际应用。

2. 制作写毛笔字的动画。

实训标准

熟练掌握钢笔工具和笔画滤镜的实际应用，制作动画时注意写字时的节奏。

三、水中粒子标题

过程演示

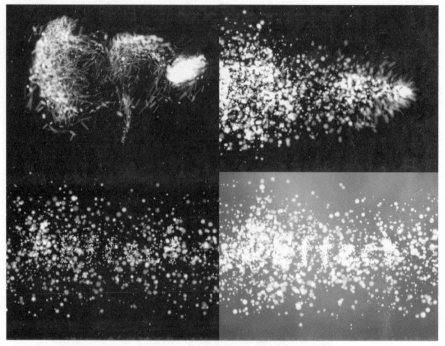

图 2.1.3-001

实例使用粒子滤镜制作出散落的光点形成标题。本实例使用粒子物理特性，使粒子像水中的鱼群游动效果，最后汇聚成标题。

混合模式：所谓图层混合模式就是指一个层与其上或下图层的色彩通过各种公式叠加的方式。

运动摄像：在一个镜头中通过移动摄像机机位，或者改变镜头光轴，或者变化镜头焦距所进行的拍摄。通过这种拍摄方式所拍到的画面，称为运动画面。如：由推、拉、摇、移、跟、升降摄像和综合运动摄像形成的推镜头、拉镜头、摇镜头、移镜头、跟镜头、升降镜头和综合运动镜头等。

制作流程：首先制作标题层，以标题为发射器制作粒子，再制作从左至右发射的粒子。然后制作背景，用渐变滤镜和视频素材制作出流动的背景。接着再制作文字效果，添加腐蚀和光辉滤镜，修改图层混合模式。最后制作摄影机运动。

最终效果如图2.1.3-002所示。

图 2.1.3-002

本章涉及的主要知识点如下：

- 粒子滤镜
- 滤镜关键帧设置
- 背景制作
- 混合模式

1. 粒子制作

步骤1：

（1）打开Adobe After Effects CS4，建立新的合成层。选择Composition.>NewComposition（合成>新合成层）菜单命令，或者使用快捷键：Ctrl+N。在弹出的合成层设置对话框中设置合成层参数。在Basic（基本）选项卡中分别设置Preset（预设）、Width（宽度）、Height（高度）、Pixel Aspect Ratio（像素纵横比）、Frame Rate（帧频）和Duration（时长）。如图2.1.3-003所示。

图 2.1.3-003

（2）建立标题层。选择Layer>New> Text （层>新建>文字）菜单命令，或者使用快捷键：Crtrl+Alt+Shif+T。在视窗中光标闪动处输入标题。如图2.1.3-004所示。

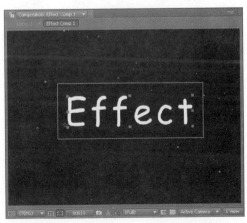

图 2.1.3-004

（3）做文字层嵌套。Layer> Pre Compose（层>合成嵌套）菜单命令，或者使用快捷键：Ctrl+Shift+C，在探出的合成嵌套对话框中调整嵌套参数。Move all attribtes into new composition（移动全部到新合成层中）。粒子滤镜对文字层无效，所以这里需要制作合成嵌套。如图2.1.3-005所示。

（4）新建实体层。选择Layer>New>Solid（层>新建>实体层）菜单命令，或者使用快捷键：Ctrl+Y。在弹出的实体层设置对话框中设置实体层参数。Name（命名）、Color（颜色）并单击Make Comp Size（确定层尺寸）按钮。如图2.1.3-006所示。

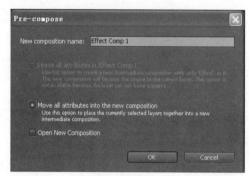
图 2.1.3-005

图 2.1.3-006

（5）设置图层属性。选择Effect comp1合成层。关闭Effect comp1合成层显示开关，打开Effect comp1合成层3D层属性开关。如图2.1.3-007所示。

图2.1.3-007

步骤2：

（1）为[lizi1]层添加滤镜。选中[lizi1]层，选择Effect>Trapcode> Particvlar（效果>Trapcode>粒子）菜单命令，设置Particvlar参数。如图2.1.3-008所示。

图 2.1.3-008

（2）在Effect Controls lizi1（效果参数lizi1）菜单中设置Particvlar滤镜粒子参数。Life[sec]（生命[秒]）、Life Random（生命随即率）、Size（尺寸）。设置粒子生命，控制粒子存活时间。设置粒子生命随即率，使粒子死亡时间不一致。设置尺寸，控制粒子大小。如图2.1.3-009所示。

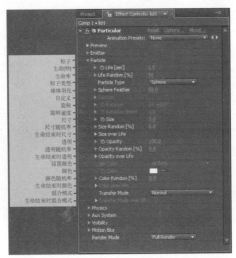

图 2.1.3-009

（3）在Effect Controls lizi1（效果参数lizi1）菜单中设置Particvlar滤镜物理参数。Alr Resistance（空气阻力）Spin Amplitude（旋转振幅）、Spin Frequency（旋转频率）、Time Before Spin[sec]（时间前旋转）、Affect Size（影响尺寸）、Affect Position（影响位置）、Time Before Affec（时间前影响）、Evolution Spee（进化速度）、Move with Wind（随风运动率）。设置空气阻力，控制粒子受气流影响强弱。设置旋转振幅，控制粒子受气流影响后旋转振幅强弱。设置旋转频率，控制粒子受气流影响后旋转次数。设置影响位置，控制粒子受气流影响后位置变化。设置时间前影响，控制粒子受气流影响前预备。设置进化速度，控制粒子变形。设置随风运动率，控制粒子受气流影响产生运动变化率。如图2.1.3-010所示。

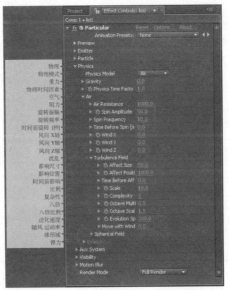

图 2.1.3-010

（4）在Effect Controls lizi1（效果参数lizi1）菜单中设置Particvlar滤镜运动模糊参数。Motion Blur（运动模糊）。设置运动模糊，使粒子在运动时产生运动模糊效果。如图2.1.3-011所示。

图 2.1.3.-011

步骤3：

（1）设置Particvlar关键帧参数。选择[lizi1]层。将时间轴设置为第0帧。单击箭头展开效果属性，在展开的Emitter菜单中设置参数，打开Particles/sec（粒子数量/秒）关键帧记录。将时间轴设置为38帧。设置Particles/sec（粒子数量/秒参数）。设置粒子数量关键帧使粒子到第38帧时停止发射。如图2.1.3-012所示。

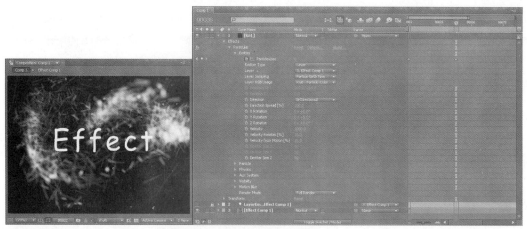

图 2.1.3-012

（2）将时间轴设置为第0帧。单击箭头展开效果属性，在展开的Emitter菜单中设置参数，打开Spin Amplitude（旋转扩大）、Affect Size（影响尺寸）、Affect Size（影响位置）关键帧记录。将时间轴设置为75帧。设置Spin Amplitude（旋转扩大）、Affect Size（影响尺寸）、Affect Size（影响位置）。设置旋转扩大，影响尺寸，影响位置关键帧动画，使粒子在1到75帧时，产生大小和位置变化，使粒子运动更丰富。如图2.1.3-013所示。

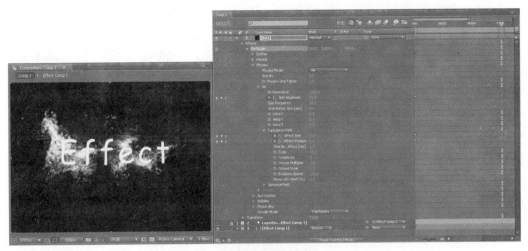

图 2.1.3-013

（3）框选Spin Amplitude（旋转扩大）、Affect Size（影响尺寸）、Affect Size（影响位置）关键帧，单击右键。在弹出的菜单中选择Keyframe Assistant> Easy Ease In（关键帧辅助>简单的向前平缓）菜单命令，或者使用快捷键Shift+F9。设置旋转扩大，影响尺寸。影响位置关键平缓，使关键帧动画变成加速动画效果。如图2.1.3-014所示。

（4）新建实体层。选择Layer>New>Solid（层>新建>实体层）菜单命令，或者使用快捷键：Ctrl+Y。在弹出的实体层设置对话框中设置实体层参数。Name（命名）、Color（颜色）并单击Make Comp Size（确定层尺寸）按钮，如图2.1.3-015所示。

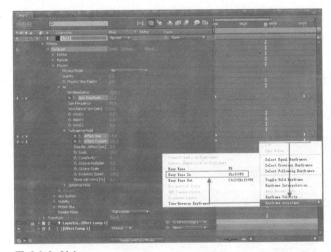

图 2.1.3-014

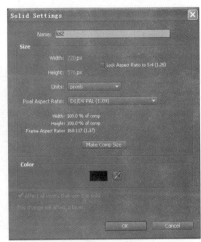

图 2.1.3-015

（5）为[lizi2]层添加滤镜。选中[lizi2]层，选择Effect>Trapcode> Particvlar（效果>Trapcode>粒子）菜单命令。

（6）设置Particvlar参数。在Effect Controls lizi2（效果参数lizi）菜单中设置Particvlar滤镜发射器参数。Particles/sec（粒子数量/秒）、Emitter Type（发射器类型）、Position XY（XY轴位置）、Direction

（方向）、X Rotation（X轴旋转）、Y Rotation（Y轴旋转）、Z Rotation（Z轴旋转）、Velocity（速度）、Velocity Random（速度随机率）、Velocity from Motion（速度影响运动）、Emitter Size X（发射器X轴尺寸）、Emitter Size Y（发射器Y轴尺寸）、Emitter Size Z（发射器Z轴尺寸）。设置粒子数量，控制粒子发射量。设置发射器类型，使粒子按点发射。设置XY轴位置，控制发射器位置。设置方向，控制粒子发射方向。设置X轴旋转、Y轴旋转、Z轴旋转，使发射器不旋转。设置速度，控制粒子运动速度。设置速度随即率，使粒子运动产生差异。设置发射器X轴尺寸、发射器Y轴尺寸、发射器Z轴尺寸，控制粒子发射范围。如图2.1.3-016所示。

图 2.1.3-016

（7）在Effect Controls lizi1（效果参数lizi1）菜单中设置Particvlar滤镜粒子参数。Life[sec]（生命[秒]）、Life Random（生命随即率）、Size Random（尺寸随即率）、Opacity（不透明度随即率）。设置生命，控制粒子存活时间。设置生命随即，使粒子死亡时间产生差异。设置尺寸随机率，使粒子尺寸产生差异。设置不透明度，使粒子透明度产生差异，制作出形态各异的粒子。如图2.1.3-017所示。

图 2.1.3-017

（8）在Effect Controls lizi1（效果参数lizi1）菜单中设置Particvlar滤镜物理参数。Gravity（重力）、Alr Resistance（空气阻力）、Spin Amplitude（旋转振幅）、Spin Frequency（旋转频率）、Time Before Spin[sec]（时间前旋转）、Wind X（X轴风）、WindY（Y轴风）、Affect Size（影响尺寸）、Affect Position（影响位置）、Time Before Affec（时间前影响）、Scale（比例）、Octave Multipli（八倍）、Octave Scale（八倍比例）、Evolution Spee（进化速度）、Move with Wind（随风运动率）、Motion Blur（运动模糊）。设置重力，使粒子漂浮。设置空气阻力，控制粒子受气流影响强弱。设置旋转振幅，控制粒子受气流影响后旋转振幅强弱。设置旋转频率，控制粒子受气流影响后旋转次数。设置影响位置，控制粒子受气流影响后位置变化。设置X轴风、Y轴风，控制X轴和Y轴气流。设置时间前影响，控制粒子受气流影响前预备。设置进化速度，控制粒子变形。设置影响尺寸，控制粒子尺寸变化。设置影响位置，控制粒子位置变化。设置比例，控制粒子比例。设置八倍、八倍比例，控制粒子倍频。设置进化速度，控制粒子变化。设置随风运动率，控制粒子受气流影响产生运动变化率。设置运动模糊，使粒子在运动时产生运动模糊效果。使粒子在运动使产生一定的惯性。如图2.1.3-018所示。

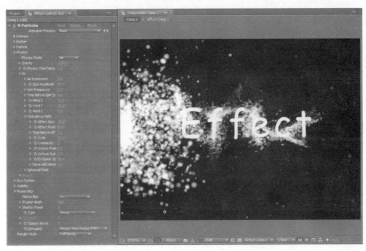

图 2.1.3-018

步骤4：

（1）设置Particvlar关键帧参数。选择[lizi1]层。将时间轴设置为第25帧。单击箭头展开效果属性，在展开的Emitter菜单中设置参数，打开Position XY（XY轴位置）关键帧记录。设置Position XY（XY轴位置）。拖到XY轴锚点，向左移动，在视图窗口中看不到粒子为止。如图2.1.3-019所示。

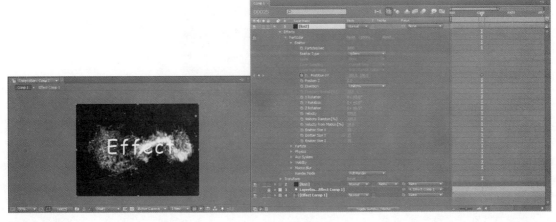

图 2.1.3-019

（2）将时间轴设置为50帧。设置Position XY（XY轴位置），拖到XY轴锚点，向右移动，在视图窗口中看不道粒子为止。制作出粒子发射器从左到右的运动动画。如图2.1.3-020所示。

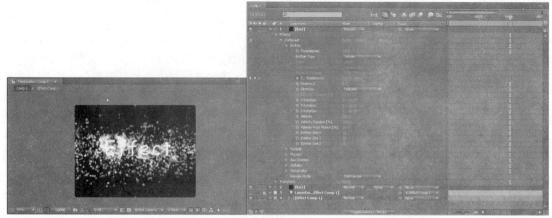

图 2.1.3.1-020

步骤5：

（1）建立实体层，选择Layer>New>Solid（层>新建>实体层）菜单命令，或者使用快捷键：Ctrl+Y。在弹出的实体层设置对话框中设置实体层参数。Name（命名）并单击Make Comp Size（确定层尺寸）按钮，如图2.1.3-021所示。

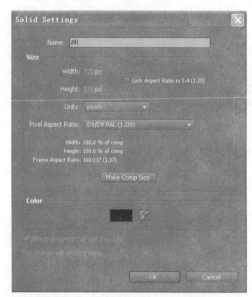

图 2.1.3-021

（3）为[ziti]层添加滤镜。选中[bj]层，选择Effect> Generate> Ramp（效果菜单>产生>渐变）菜单命令。

（4）设置渐变滤镜参数。在EffectContrils ziti（效果参数ziti）菜单中设置Ramp参数。Start of Ramp（起始渐变）、Start Color（起始颜色）、End of Ramp（结束渐变）、End color（结束颜色），Ramp Shape（渐变类型）。设置起始渐变、结束渐变，使渐变图像显示大半个圆形。设置起始颜色、结束颜色，使图像呈淡蓝到深蓝色。设置渐变类型，使渐变呈圆形渐变。如图2.1.3-022所示。

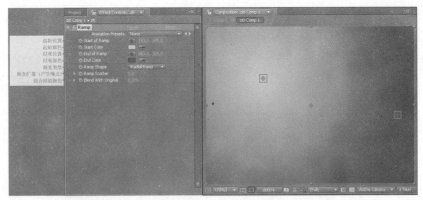

图 2.1.3-022

（5）做实体层嵌套。Layer> Pre Compose（层>合成嵌套）菜单命令，或者使用快捷键：Ctrl+Shift+C，在探出的合成嵌套对话框中调整嵌套参数。Move all attribtes into new composition（移动全部到新合成层中），如图2.1.3-023所示。

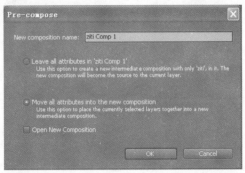

图 2.1.3-023

（6）选择Project（素材）菜单，在空灰色区域单击鼠标右键，在弹出的对话空中选择Import>File（输入>文件），素材文件在素材光盘中。

（7）将素材图片拖动到合成层中。选择Project（素材）菜单，将导入的素材图片拖动到合成层窗口。如图2.1.3-024所示。

图 2.1.3-024

（8）为bolang.mov层添加滤镜。选中效果层，选择Effect>ColorCorrection>Hue/Saturation（效果>颜色修正>色相/饱和度）。

（9）设置色相饱和度滤镜参数。在Effect Controls：bolang.mov（效果参数：bolang.mov）菜单中设置Hue/Saturation参数。Master Saturation（饱和度）。设置饱和度，加强素材图像色彩。如图2.1.3-025所示。

图 2.1.3-025

2. 制作字体效果

步骤1：

（1）为光带添加光辉效果。选择Effect Comp 1合成层，选择Effect> Simulation>Caustics（效果>模拟>腐蚀）。

（2）设置腐蚀滤镜参数。选择Effect Controls Effect Comp 1（效果参数Effect Comp 1）设置Caustics滤镜参数。Bottom（底部）、Water Surface（水面）、Wave Height（波高）、Smoothing（滤波）、Water Depth（水深）、Refractice Index（折射数）、Surface Color（表面颜色）、Surface Opacity（表面不透明度）、Caustics Strength（腐蚀强度）、Ambient Light（包围光）、Diffuse Reflection（慢反射）、Specular Reflection（镜面反射）、Highlight Sharpness（强调锐度）。设置底部，隐藏参考显示。设置水面，使标题按参考层变化。设置波高、滤波、水深，控制图像受扭曲程度。设置折射数，控制图像折射次数。设置表面颜色，控制图像颜色。设置表面不透明度，控制图像透明度。设置腐蚀强度，控制图像边缘变化。设置包围光，控制图像边缘发光。设置慢反射，控制图像高光。设置镜面反射，控制图像重复。设置强锐度，控制图像锐利度。调整参数准备制作标题动画。如图2.1.3-026所示。

图 2.1.3-026

步骤2：

（1）为光带添加光辉效果。选择Effect Comp 1合成层，选择Effect> Stylize>Glow（效果>风格化>光辉）。

（2）设置光辉滤镜参数。选择Effect Controls Effect Comp 1（效果参数Effect Comp 1）设置Glow滤镜参数。Glow Threshold（辉光极限）、Glow Threshokd（辉光范围）。设置辉光极限和辉光范围，使标题发光。如图2.1.3-027所示。

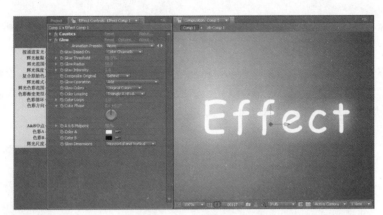

图 2.1.3-027

（3）设置合成层关键帧。Effect Comp 1合成层，将时间轴设置为第75帧。单击箭头展开图层层属性菜单，在展开的Transform菜单中设置参数。打开opacity（不透明度）关键帧记录开关，设置opacity（不透明度）为0%。将时间轴设置为第100帧，设置opacity（不透明度）为100%。制作透明度关键帧动画，使标题从第75帧到第100帧，做淡入效果。如图2.1.3-028所示。

图 2.1.3-028

（4）设置合成层滤镜关键帧。Effect Comp 1合成层，将时间轴设置为第150帧。单击箭头展开图层层属性菜单，在展开的Caustics菜单中设置参数。打开Wave Height（波高）、Refractice Index（折射数）关键帧记录开关。将时间轴设置为第75帧，设置Wave Height（波高）、Refractice Index（折射数）参数。设置波高和折射数关键帧，使图像从第75帧到第150帧，做扭曲到成形动画。如图2.1.3-029所示。

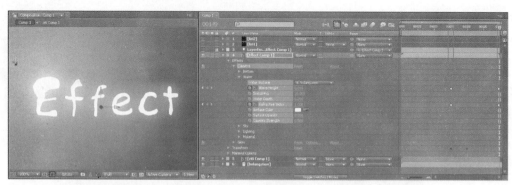

图 2.1.3-029

（5）在展开的Caustics菜单中。框选Wave Height（波高）、Refractice Index（折射数）关键帧，单击右键。在弹出菜单中选择Keyframe Assistant>Easy Ease In（关键帧辅助>简单的向前平缓）。设置关键帧为平缓，使动画呈加速运动。如图2.1.3-030所示。

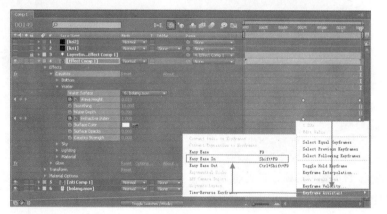

图 2.1.3-030

（6）设置图层属性。排列图层顺序。打开lizi1层和lizi2层运动模糊开关，设置各层混合模式，打开运动模糊显示开关。打开图层运动模糊显示开关，增加图像运动模糊效果。调整各个层混合模式，使各个层融化在一起。如图2.1.3-031所示。

图 2.1.3-031

步骤3：

（1）建立新的合成层。选择Composition.>NewComposition（合成>新合成层）菜单命令，或者使用快捷键：Ctrl+N，在弹出的合成层设置对话框中设置合成层参数。在Basic（基本）选项卡中分别设置Preset（预设）、Width（宽度）、Height（高度）、Pixel Aspect Ratio（像素纵横比）、Frame Rate（帧频）和Duration（时长）。如图2.1.3-032所示。

（2）将Comp 1合成层拖入Comp 2合成层中。选择Project（素材）菜单，将Comp 1合成层拖动到Comp 2合成层窗口中，如图2.1.3-033所示。

（3）设置合成层属性。打开Comp 1合成层3D属性开关，如图2.1.3-034所示。

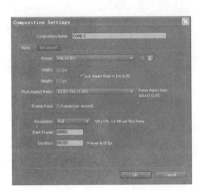

图 2.1.3-032

图 2.1.3-033

图 2.1.3-034

（4）建立摄影机。选择Layer>New>Camera（层>新建>摄影机）菜单命令，或者使用快捷键：Ctrl+Alt+Shift+C。在弹出的摄影机设置对话框中设置摄像机参数Preset（预设），使用标准摄像机镜头35mm镜头。如图2.1.3-035所示。

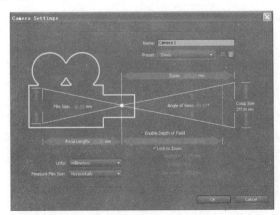

图 2.1.3-035

（5）设置摄影机关键帧。选中摄像层，将时间轴设置为第0帧。单击箭头展开摄像机层属性菜单，在展开的Transform菜单中设置参数。打开Position（位置）关键帧记录，设置Position（位置）参数。设置摄像机运动关键帧动画，制作拉镜头效果。使像机画面呈现从画面中心局部到画面全景的运动。如图2.1.3-036所示。

图 2.1.3-036

（6）将时间轴设置为第31帧。在Transform菜单中设置参数Position（位置）。设置摄像机视图窗口到画面景。如图2.1.3-037所示。

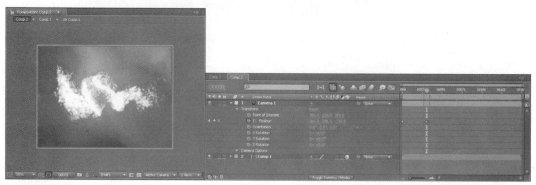

图 2.1.3-037

最终效果如图2.1.3-038所示。

图 2.1.3-038

[小结]

　　实例已经制作完毕，回顾一下刚才的制作过程。首先制作标题层。使用标题层作为第一粒子滤镜发射器，调整粒子滤镜参数，使粒子在试图窗口有规律飘动；制作粒子滤镜动画，使粒子从散落到凝聚成标题的动画。制作第二粒子，调整粒子参数，使粒子在一定范围内运动；制作粒子发射器关键帧动画，使粒子发射器从左至右运动。然后制造标题效果。用腐蚀滤镜，制作出标题从扭曲的图案变成标题的动画，添加发光效果，调整各层混合模式，制作摄像机运动动画，画面从中心局部拉到画面全景。

需要注意以下几点：

- 文字层需要嵌套才能作为粒子发射器
- 粒子滤镜
- 关键帧设置
- 图层混合模式

思考与练习

1. 掌握粒子滤镜作用以及实际应用。
2. 制作用粒子凝结成标题动画。

四、扩散出优美线条

过程演示

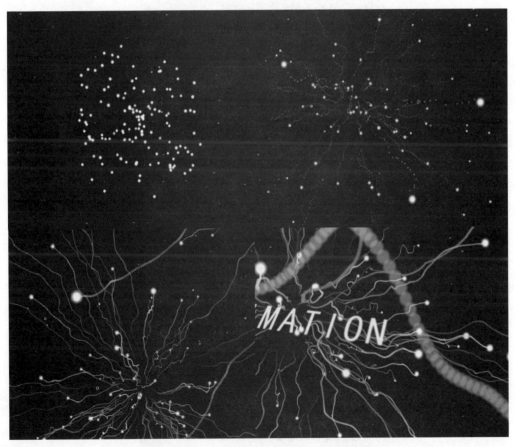

图 2.1.4-001

　　实例利用粒子扩散运动中留下的优美线条，再加上摄像机运动，增加了空间感，突出主体让人有耳目一新的感觉。适于各类影片片头，例如主要演员表、节目介绍等等。在本章实例制作过程中需要掌握粒子滤镜参数设置、时间轴灵活的应用即三维空间。三维空间：长宽高，立体世界，我们肉眼亲身感觉到看到的世界，三维空间是点的位置由三个坐标决定的空间。客观存在的现实空间就是三维空间。

　　制作流程：首先用粒子滤镜制作出优美的线条，用曲线滤镜调节线条的颜色。然后用摄像机工具调整摄相机角度，制作标题文字，再记录摄像机关键帧。最后为摄像添加表达式，调整摄像及关键帧平滑，设置摄像机景深。

　　最终效果如图2.1.4-002所示。

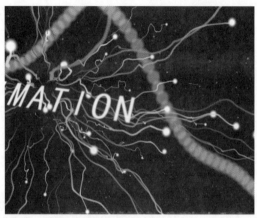

图 2.1.4-002

本章涉及的主要知识点如下：

● 粒子滤镜参数

● 粒子滤镜的三维空间关系

● 摄像机运动

步骤1：

（1）打开Adobe After Effects CS4，建立新的合成层。选择Composition.>NewComposition（合成>新合成层）菜单命令，或者使用快捷键：Ctrl+N。在弹出的合成层设置对话框中设置合成层参数。在Basic（基本）选项卡中分别设置Preset（预设）、Width（宽度）、Height（高度）、Pixel Aspect Ratio（像素纵横比）、Frame Rate（帧频）和Duration（时长）。如图2.1.4-003所示。

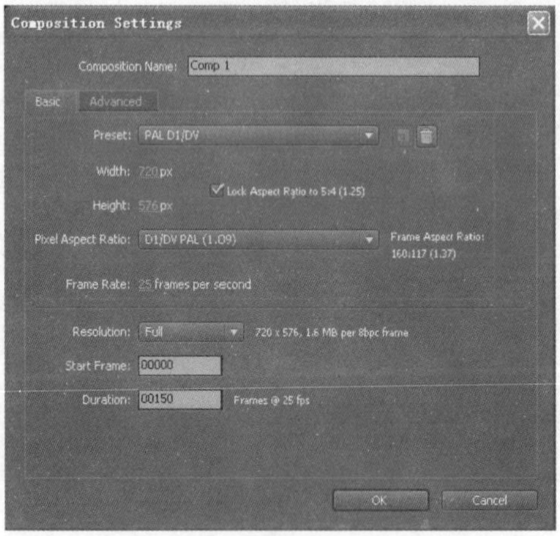

图 2.1.4-003

（2）新建实体层。选择Layer>New>Solid（层>新建>实体层）菜单命令，或者使用快捷键：Ctrl+Y。在弹出的实体层设置对话框中设置实体层参数Name（命名），并单击Make Comp Size（确定层尺寸）按钮。如图2.1.4-004所示。

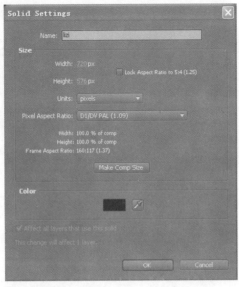

图 2.1.4-004

（3）为[lizi]层添加滤镜。选中[lizi]层，选择Effect>Trapcode> Particvlar（效果>Trapcode>粒子）菜单命令。

（4）设置粒子发射器关键帧参数。将时间轴设置为第0帧。在Effect Controls lizi（效果参数lizi）菜单中设置Particvlar滤镜发射器参数。打开Particles/sec（粒子/秒）关键帧记录，设置Particles/sec（粒子/秒）参数，设置粒子发射关键帧控制粒子的发射数量，读者可通过多次试验得到最佳发射量。如图2.1.4-005所示。

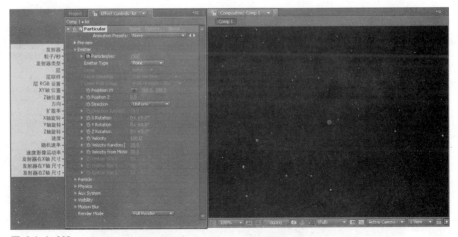

图 2.1.4-005

（5）将时间轴设置为第3帧。设置Particvlar滤镜发射器参数Particles/sec（粒子/秒），设置粒子发射器参数关闭粒子发射，使画面中的粒子保持一定数量。如图2.1.4-006所示。

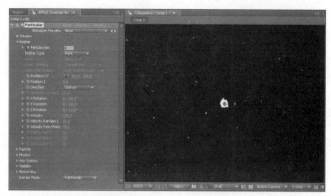

图 2.1.4-006

（6）设置粒子物理参数关键帧，将时间轴设置为第40帧。在Effect Controls lizi（效果参数lizi）菜单中设置Particvlar滤镜物理参数。打开Physics Time Facto（物理实际时间）关键帧记录，设置Physics Time Facto参数，设置物理实际时间参数并打开关键帧记录，控制粒子在散开后减慢运动速度，使粒子在画面中停留更长时间。如图2.1.4-007所示。

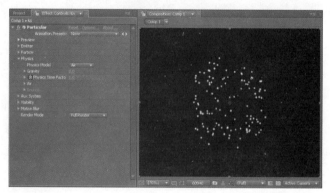

图 2.1.4-007

（7）将时间轴设置为第47帧。设置Particvlar滤镜物理参数Physics Time Facto（物理实际时间），设置物理实际时间时需要注意，不能和上一步骤数值相同，应小于上一步骤数值但应大于零。如果等于零时粒子会停止运动，这样会造成画面呆板。如图2.1.4-008所示。

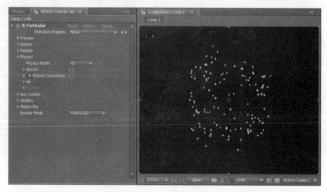

图 2.1.4-008

（8）设置粒子滤镜参数在Effect Controls lizi（效果参数lizi）菜单中设置Particvlar滤镜辅助系统参数。Emit（发出）、Particles/sec（粒子/秒）、Life[sec]（生命[秒]）、Size（尺寸）、Size over Life（尺寸结束生命）、Color over Life（颜色结束生命），此步骤通过调整粒子滤镜、粒子属性各个参数，最后得到粒子组成的线条。调整发出参数和粒子/秒参数使发射出的粒子连成线，调整生命[秒]参数控制粒子存活的时间，调整尺寸参数和尺寸结束生命参数控制粒子大小，从而控制粒子形成的线条粗细，调整颜色结束生命参数，控制粒子形成的线条渐变色。如图2.1.4-009所示。

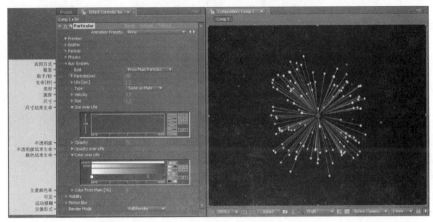

图 2.1.4-009

（9）在Effect Controls lizi（效果参数lizi）菜单中设置Particvlar滤镜物理参数。Affect Position（影响位置）、Time Before Affect [sec]（时间前影响[秒]）、Scale（比例）、Complexity（复杂性）、Octace Multiplier（八倍）、Octave Scale（八倍比）、Evolution Speed（进化速度）、Move with wind（随风运动率），此步骤是通过调整粒子滤镜物理属性参数，使粒子组成的线条受气流影响弯曲。如图2.1.4-010所示。

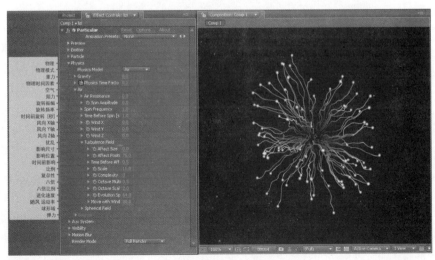

图 2.1.4-010

（10）在Effect Controls lizi（效果参数lizi）菜单中设置Particvlar滤镜发射器参数。Velocity（速度）、Velocity Random（随机速度）。如图2.1.4-011所示。

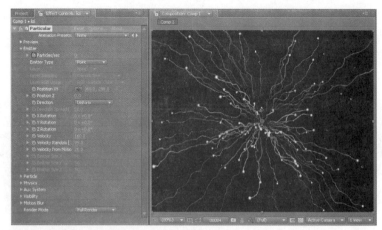

图 2.1.4-011

步骤2：

（1）建立摄影机。选择Layer>New>Camera（层>新建>摄影机）菜单命令，或者使用快捷键：Ctrl+Alt+Shift+C。在弹出的摄影机设置对话框中设置摄像机参数Preset（预设），选择35mm摄像机，属于常用镜头。如图2.1.4-012所示。

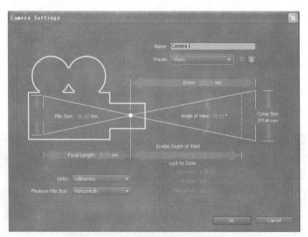

图 2.1.4-012

（2）新建效果层。选择Layer>New>Adjustment Layer（层>新建>效果层）菜单。

（3）为Adjustment Layer 1层添加滤镜。选中Adjustment Layer 1层，选择Effect>ColorCrrection>Curves（效果>颜色修正>曲线）

（4）设置Curves滤镜参数。在Effect Controls Adjustment Layer 1（效果参数Adjustment Layer 1）菜单中设置Curcws滤镜参数。选择通Red通道，调整曲线弯曲，调整红色通道曲线提高粒子线条的亮度，如果制作的粒子线条是蓝色那么就应该调整蓝色通道，此步骤需要灵活掌握。如图2.1.4-013所示。

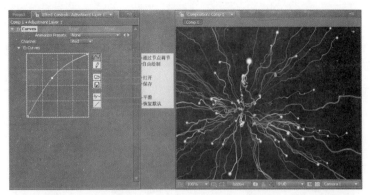

图 2.1.4-013

（5）选择通道，设置设置为Blue通道，调整曲线弯曲，调整蓝色通道曲线增加暗部和亮部对比度。如图2.1.4-014所示。

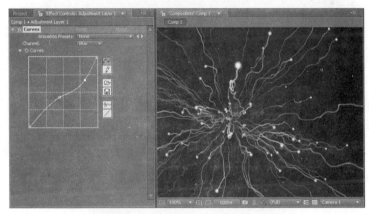

图 2.1.4-014

步骤3：

（1）调整摄像机角度。选择摄像机控制工具，在视图窗口中拖动调整摄像机视图位置，使用摄像机控制工具将摄像机调整到最佳角度，这里的调整只需要展现设计者视觉感觉中最美的位置即可。如图2.1.4-015所示。

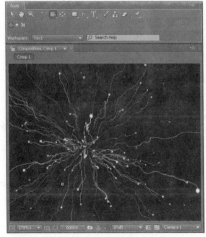

图 2.1.4-015

（2）建立标题层。选择Layer>New> Text（层>新建>文字）菜单命令，或者使用快捷键：Crtrl+Alt+Shif+T。在视窗中光标闪动处输入标题，在文字面板设置文字属性。字体、字号、间隔宽度、拉长、全部大写，制作标题内容通过体、字号、间隔宽度、拉长参数设置调整标题的样式，此步骤也可以依照设计者个人喜好之作。如图2.1.4-016所示。

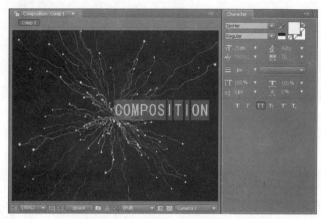

图 2.1.4-016

（3）调整文字位置。打开文字3D属性开关，分别在顶视图和摄影机视图中调整文字层位置，打开3D属性开关使粒子层也处于三维空间内，增加空间透视感。调整标题位置使标题Z方向贴近粒子。如图2.1.4-017所示。

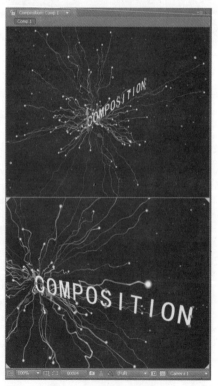

图 2.1.4-017

（4）复制[lizi]层，选中[lizi]层，选择Edit>Duplicate（编辑>复制），或者使用快捷键：Ctrl+D。

（5）调整复制层滤镜参数。在Effect Controls lizi（效果参数lizi）菜单中设置Particvlar滤镜发射器参数。Position XY（XY轴位置）、Position Z（Z轴位置），调整第二粒子发射器位置参数将复制出得粒子调整到新的位置上去，在位置调整时候需要考虑摄像机的运动路径。如图2.1.4-018所示。

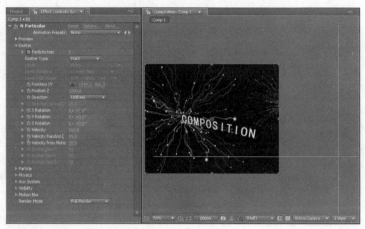

图 2.1.4-018

（6）选中摄像机层，单击箭头展开摄像机层属性菜单，将时间轴设置在第84帧，在展开的Transform菜单中设置参数。打开Point of Interest（锚点）、Position（位置）关键帧记录，设置摄像机关键帧记录摄像机的当前位置。如图2.1.4-019所示。

图 2.1.4-019

（7）调整摄像机角度。选择摄像机控制工具，将时间轴设置为95帧，在视图窗口中拖动调整摄像机视图位置，设置时间轴位置时需要注意时间间隔不宜太短或太长，间隔太短摄像机运动会过快，间隔太长又会使摄像机运动过慢。建议读者控制在20帧到40帧中间，使用摄像机控制工具将摄像机镜头调整到第二粒子处。如图2.1.4-020所示。

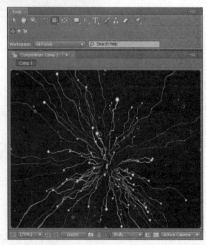

图 2.1.4-020

步骤4：

（1）建立标题层。选择Layer>New> Text （层>新建>文字）菜单命令，或者使用快捷键：Crtrl+Alt+Shif+T。在视窗中光标闪动处输入标题，打文字层3D属性开关，单击箭头展开文字层属性菜单，在展开的Transform菜单中设置参数Position（位置），制作第二标题，调整位置让标题贴近第二粒子。如图2.1.4-021所示。

图 2.1.4-021

（2）复制[lizi]层，选中[lizi]层，选择Edit>Duplicate （编辑>复制），或者使用快捷键：Ctrl+D。

（3）调解复制层滤镜参数。在Effect Controls lizi（效果参数lizi）菜单中设置Particvlar滤镜发射器参数。Position XY（XY轴位置）、Position Z（Z 轴位置），调整第三粒子发射器位置参数将复制出的粒子调整到新的位置上去，在调整位置的时候需要考虑摄像机的运动路径。如图2.1.4-022所示。

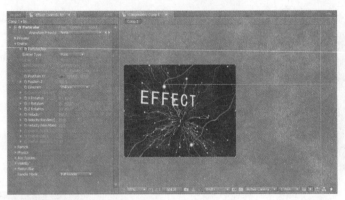

图 2.1.4-022

（4）选中摄像机层，单击箭头展开摄像机层属性菜单，将时间轴设置在第120帧，在展开的Transform菜单中设置参数。单击Point of Interest（锚点）、Position（位置）关键帧记录按钮，设置时间轴的时候需要考虑，中间预留的长度，应该以能让观众看清标题又不产生厌烦为基础进行调整。如图2.1.4-023所示。

图 2.1.4-023

（5）调整摄像机角度。选择摄像机控制工具，将时间轴设置为132帧，在视图窗口中拖动调整摄像机视图位置，注意时间间隔。如图2.1.4-024所示。

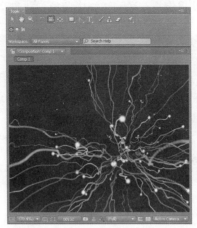

图 2.1.4-024

（6）建立标题层。选择Layer>New>Text（层>新建>文字）菜单命令，或者使用快捷键：Crtrl+Alt+Shif+T。在视窗中光标闪动处输入标题，打文字层3D属性开关，单击箭头展开文字层层属性菜单，在展开的Transform菜单中设置参数。Position（位置）X Rotation（X轴旋转）、Y Rotation（Y轴旋转）、ZRotation（Z轴旋转），制作第三标题，调整位让标题贴近第三粒子。如图2.1.4-025所示。

图 2.1.4-025

（7）为摄像机添加表达式，选中摄像机，单击箭头展开摄像机层属性，在展开的Transform菜单中设置参数。选中Postion（位置），选择Animation> Add Exp ression（动画>添加表达式），或者使用快捷键：Alt+Shift+=。编辑表达式，设置上像机位置表达式可以通过表达式规律的运动时摄像机在停止时保持画面晃动，避免出现呆板的画面。如图2.1.4-026所示。

图 2.1.4-026

（8）调整摄像机关键帧平滑。，在展开的Transform菜单中框选中Postion（位置）关键帧，单击右键。在弹菜单中选择Keyframe Assistant> Easy Ease（关键帧辅助>简单平滑），或者使用快捷键：F9。设置平滑摄像机位置关键帧节点，可以使摄像机在运动过程中避免弹跳性运动。如图2.1.4-027所示。

图 2.1.4-027

步骤5：

（1）制作景深。选中摄像机，单击箭头展开摄像机层属性，将时间轴设置在第84帧，在展开的Camera Options菜单中设置参数。打开Focus Dtiyonce（焦距）关键帧记录，设置Depth of Freld（景深）、Focus Dtiyonce（焦距）、Aperture（光圈），设置摄像机景深、焦距、光圈参数模拟出景深突出标题。如图2.1.4-028所示。

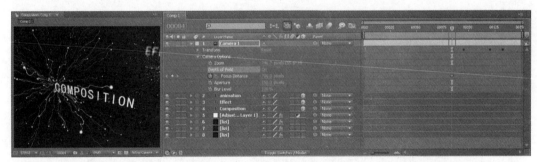

图 2.1.4-028

（2）将时间轴设置在第139帧，在展开的Camera Options菜单中设置参数Focus Dtiyonce（焦距），调整焦距关键帧使画面中有景深的变化。如图2.1.4-029所示。

图 2.1.4-029

最终效果如图2.1.4-030 所示。

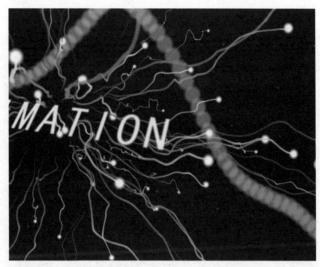

图 2.1.4-030

[小结]

实例已经制作完毕，回顾一下刚才的制作过程。首先用粒子滤镜制作出优美的线条。先使粒子发射器发射1到3帧，调整粒子滤镜中物理参数粒子运动变缓，调整粒子参数让粒子长出尾巴来并调整颜色，再调整物理参数使尾巴弯曲起来。建立摄像机，用摄像机视角制作出标题，调整标题位置。复制粒子层，调整粒子层滤镜位置参数。制作设想运动滤镜，使镜头飞到下1个粒子层前。制作标题调整位置。再复制出一层粒子层，通过修改粒子滤镜位置参数调整粒子位置。制作摄像机运动路径，让摄像机镜头飞到下1个粒子面前。制作标题调整位置。调整摄像机景深模拟让图像出景深效果。用曲线滤镜调节线条的颜色，使线条颜色对比度增加。最后为摄像添加表达式，使摄像机停下来时仍然晃动。

在练习的时候，注意粒子滤镜参数设置调整，摄像机运动及景深控制，粒子、标题和摄像机运动路径搭建出的三维空间，这将会有助于领会本案例的核心。

思考与练习

1. 熟练粒子滤镜和三维空间的使用以及实际应用。
2. 为某电视台制作有三维空间感的节目表。

实训标准

掌握粒子滤镜和三维空间的实际应用，制作节目表需要体现出空间感。

第2章第1节思考与练习

1. 文字层动画应用，用文字层动画制作片头字幕。
2. 层属性的应用，用图层属性制作出图层动画和片头。
3. 基本滤镜使用，结合文字层动画和图层属性制作片头。
4. 为某电视台娱乐节目制作片头。

实训标准

熟悉软件界面，属性实体层、文字层、合成层的使用，能够熟练制作出包装片头。

第二节　光条

一、跟随的光效

过程演示

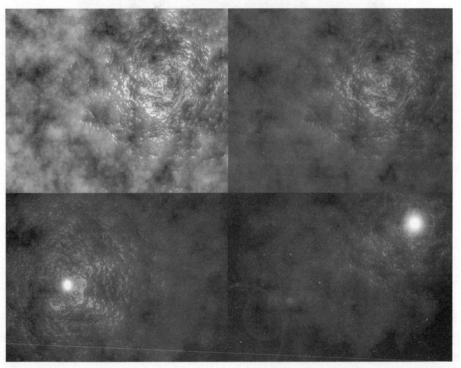

图 2.2.1-001

图 2.2.1-002

实例通过灯光、反光、高光、镜头光模拟真实环境中光源。本实例通过高光、反光、照亮范围、镜头光晕，模拟现实场景中的光源效果。

主光：在一个场景中，其主要光源通常称为关键光。关键光不一定只是一个光源，但它一定是照明的主要光源。

辅助光：补充光用来填充场景的黑暗和阴影区域。主光在场景中是最引人注意的光源，但补充光的光线可以提供景深和逼真的感觉。

轮廓光：轮廓光通常作为"边缘光"，通过照亮对象的边缘将目标对象从背景中分开。它经常放置在四分之三关键光的正对面，它对物体的边缘起作用，引起很小的反射高光区。

制作流程：首先用分形噪波制作出背景，用遮罩使四周变暗，制作反光效果，用表达式控制反光范围随灯光运动。然后制作高光，用表达式控制高光跟随灯光运动。最后制作镜头光，用表达式镜头光跟随灯光运动。制作灯光运动动画。

最终效果图如图2.2.1-002所示

本章涉及的主要知识点如下：
● 分形噪波
● 高光制作
● 跟随运动的表达式设置

步骤1：

（1）打开Adobe After Effects CS4，建立新的合成层，选择Composition.>NewComposition（合成>新合成层）菜单命令，或者使用快捷键：Ctrl+N。在弹出的合成层设置对话框中设置合成层参数。在Basic（基本）选项卡中分别设置Preset（预设）、Width（宽度）、Height（高度）、Pixel Aspect Ratio（像素纵横比）、Frame Rate（帧频）和Duration（时长）。如图2.2.1-003所示。

（2）新建实体层。选择Layer>New>Solid（层>新建>实体层）菜单命令，或者使用快捷键：Ctrl+Y。在弹出的实体层设置对话框中设置实体层参数。Name（命名）、Width（宽度）、Height（高度）Color（颜色）。制作出一个窄条型的实体层。如图2.2.1-004所示。

图 2.2.1-003

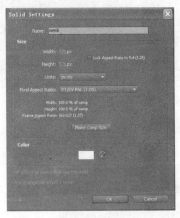

图 2.2.1-004

（3）为[lan]层添加滤镜。选中[lan]层，选择Effect>Noise&Grain>Fractal Noise（效果>噪波&颗粒>分形噪波）菜单命令。

（4）设置分型噪波滤镜参数。在Effect Controls：lan（效果参数：lan）菜单中设置Fractal Noise参数。Noise Type（噪波类型）、Contrast（对比度）、Overflow（溢出）。设置噪波类型，制作出棉絮噪波，设置对比度，增加层次感。设置溢出，产生边缘细丝。如图2.2.1-005所示。

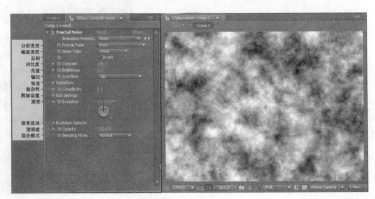

图 2.2.1-005

（5）做图层嵌套。选中所有层，选择Layer> Pre Compose（层>合成嵌套）菜单命令，或者使用快捷键：Ctrl+Shift+C，在探出的合成嵌套对话框中调整嵌套参数。Name（命名）、Move all attribtes into new composition（移动全部到新合成层中）。如图2.2.1-006所示。

（6）建立灯光。选择Layer>New>Light（层>新建>灯光）菜单命令，或者使用快捷键：Ctrl+Alt+Shift+L。在弹出的灯光设置对话框中调整灯光参数。Light Type（灯光类型）、Color（颜色）。如图2.2.1-007所示。

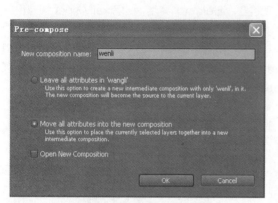

图 2.2.1-006

图 2.2.1-007

（7）设置图层属性。打开文字层和[qiangmian]层3D属性开关，使灯光效果影响图像。如图2.2.1-008所示。

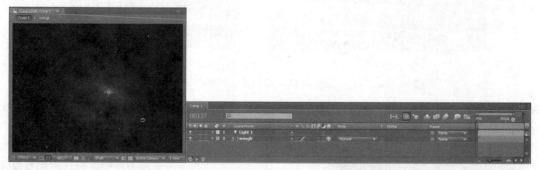

图 2.2.1-008

（8）新建实体层，选择Layer>New>Solid（层>新建>实体层）菜单命令，或者使用快捷键：Ctrl+Y。在弹出的实体层设置对话框中设置实体层参数Name（命名）、color（颜色），并单击Make Comp Size（确定层尺寸）按钮。如图2.2.1-009所示。

图 2.2.1-009

（8）添加遮罩。在工具栏选择圆形工具，双击圆形工具按钮。双击椭圆形工具，使其在图层上产生按照窗口大小的椭圆。如图2.2.1-010所示。

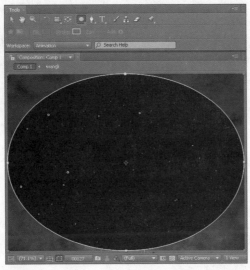

图 2.2.1-010

（9）选择[zhezhao]层，单击箭头展开[zhezhao]层属性。在展开的Mask1菜单中设置遮罩类型、Mask Feather（遮罩羽化）参数。设置遮罩羽化值，使遮罩产生透明度渐变，叠加在背景层上产生渐变的圆形图案。如图2.2.1-011所示。

图 2.2.1-011

（10）为[Wangli]合成层添加滤镜。选中[Wangli]层，选择Effect> Stylize >CC Glass（效果菜单>风格化>玻璃）。

（11）设置玻璃滤镜参数。在Effect Controls：Wangli（效果参数：Wangli）菜单中设置CC Glass参数。Bump Map（取代贴图）、Property（性质）、Softness（柔和）、Height（高度）、Light Type（光类型）、Ambient（包围）、Diffuse（扩散）、Specular（反射）。设置取代贴图，使反射按指定层产生扭曲。设置性质，控制扭曲样式。设置柔和、高度，控制强度。设置光类型，控制光源类型。设置包围、扩散、反射，控制图象反光范围和强度。如图2.2.1-012所示。

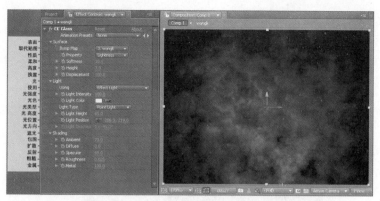

图 2.2.1-012

（12）设置CC Glass滤镜。单击箭头展开文字层效果属性，在展开的CC Glass滤镜菜单中选中Light Position（灯光位置），选择Animation >Add Exp ression（动画 >表达式）或者使用快捷键：Alt+Shift+=，编辑表达式。使玻璃滤镜反射范围跟随灯光位置运动。如图2.2.1-013所示。

图 2.2.1-013

步骤2：

（1）新建实体层，选择Layer>New>Solid（层>新建>实体层）菜单命令，或者使用快捷键：Ctrl+Y。在弹出的实体层设置对话框中设置实体层参数Name（命名）、color（颜色），并单击Make Comp Size（确定层尺寸）按钮。如图2.2.1-014所示 。

（2）添加遮罩。在工具栏选择圆形工具，双击圆形工具按钮。双击椭圆形工具，使其在图层上产生按照窗口大小的椭圆。如图2.2.1-015所示。

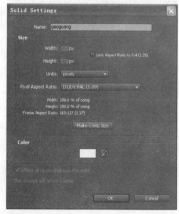

图 2.2.1-014

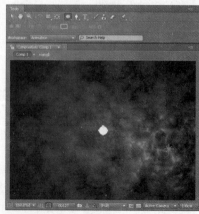

图 2.2.1-015

（3）为[gaoguang]层添加滤镜。选中标题层，选择Effect>Stylize> Glow（效果菜单>风格化>辉光）。

（4）设置辉光滤镜参数。在Effect Controls：gaoguang（效果参数：gaoguang）菜单中设置Glow参数。Glow Based On（按通道发光）、Glow Threshold（辉光极限）、Glow Radius（辉光范围）、Glow Intesity（辉光强度）、Glow Colors（辉光颜色）、Color A（颜色A）、Color B（颜色B）。设置按Alpha通道发光。设置辉光极限和辉光范围，控制标题流光发光范围。设置辉光强度，控制辉光亮度。设置辉光颜色，控制标题发光颜色渐变类型。设置AB颜色，产生渐变颜色。如图2.2.1-016所示。

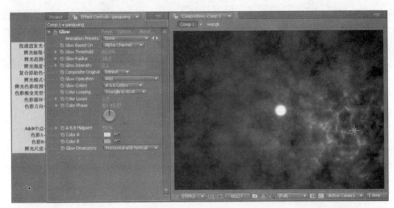

图 2.2.1-016

（5）为[gaoguang]层添加滤镜。选中标题层，选择Effect>Stylize> Glow（效果菜单>风格化>辉光）。

（6）设置辉光滤镜参数。在Effect Controls：gaoguang（效果参数：gaoguang）菜单中设置Glow参数。Glow Based On（按通道发光）、Glow Threshold（辉光极限）、Glow Radius（辉光范围）、Glow Intesity（辉光强度）、Glow Colors（辉光颜色）、Color A（颜色A）、Color B（颜色B）。设置按Alpha通道发光。设置辉光极限和辉光范围，控制标题流光发光范围。设置辉光强度，控制辉光亮度。设置辉光颜色，控制标题发光颜色渐变类型。设置AB颜色，产生渐变颜色。设置两个辉光滤镜使辉光效果更强。如图2.2.1-017所示。

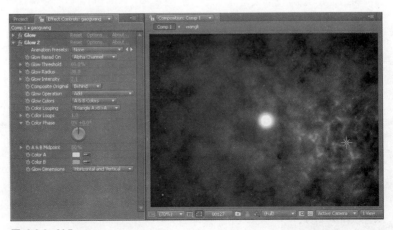

图 2.2.1-017

（7）选择[gaoguang]层，单击箭头展开[gaoguang]层属性。在展开的Mask1菜单中设置遮罩类型、Mask Feather（遮罩羽化）参数。设置遮罩羽化值，使遮罩产生透明度渐变。如图2.2.1-018所示。

图 2.2.1-018

（8）设置[gaoguang]层。单击箭头展开[gaoguang]层属性，在展开的Transform菜单中选中Position（位置），选择Animation >Add Expression（动画 >表达式）或者使用快捷键：Alt+Shift+=，编辑表达式并复制CC Glass滤镜中灯光位置表达式到[gaoguang]层位置表达式编辑框中。使[gaoguang]层跟随灯光层位置运动。如图2.2.1-019所示。

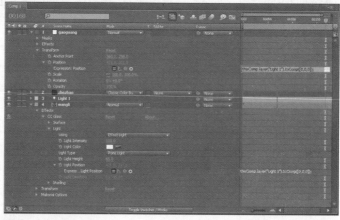

图 2.2.1-019

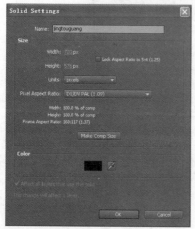

图 2.2.1-020实体层参数设置

步骤3：

（1）新建实体层，选择Layer>New>Solid（层>新建>实体层）菜单命令，或者使用快捷键：Ctrl+Y。在弹出的实体层设置对话框中设置实体层参数。Name（命名）并单击Make Comp Size（确定层尺寸）按钮。如图2.2.1-020所示。

（2）为[jingtouguang]层添加滤镜。选中[jingtouguang]层，选择Effect>Generate>Lens Flare（效果>产生>镜头光）菜单命令。

（3）设置[jingtouguang]层。单击箭头展开[jingtouguang]层效果属性，在展开的Lens Flare菜单中选中Flare Center（闪光点），选择Animation >Add Exp ression（动画 >表达式）或者使用快捷键：Alt+Shift+=，编辑表达式并复制gaoguang层中位置表达式到闪光点表达式编辑框中。使[jingtouguang]层闪光点跟随灯光层位置运动。如图2.2.1-021所示。

图 2.2.1-021

（4）调整层混合模式。选择[jingtouguang]层，设置Mode参数。设置图层混合模式，使镜头光层融入画面中，和其他效果同时显示。如图2.2.1-022所示。

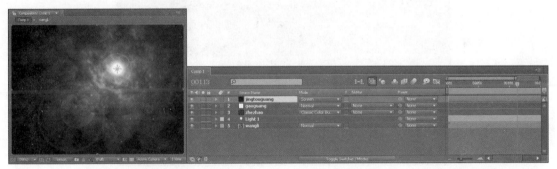

图 2.2.1-022

（5）为[jingtouguang]层添加滤镜。选中[jingtouguang]层，选择Effect>ColorCorrection>Curves（效果>颜色修正>曲线）。

（6）设置Curves（曲线）滤镜参数。在Effect Controls jingtouguang（效果参数：jingtouguang）菜单中设置Curves参数。调整曲线弯曲，压暗镜头光。如图2.2.1-023所示。

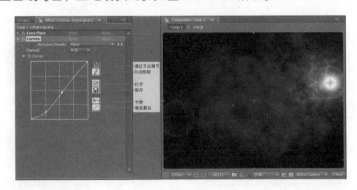

图 2.2.1-023

（7）在Effect Controls jingtouguang（效果参数：jingtouguang）菜单中设置Curves参数。选择Red（红色）通道，调整曲线弯曲，降低镜头光中的红色。如图2.2.1-024所示。

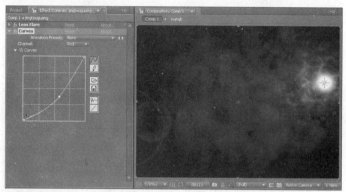

图 2.2.1-024

（8）在Effect Controls jingtouguang（效果参数：jingtouguang）菜单中设置Curves参数。选择Blue（蓝色）通道，调整曲线弯曲，提高镜头光蓝色色调。因为灯光本身就是冷色调，为保持一致的光源色。所以设置镜头光为冷色调，如图2.2.1-025所示。

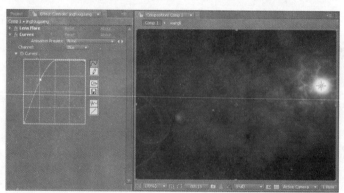

图 2.2.1-025

（9）为[jingtouguang]层添加滤镜。选[jingtouguang]层，选择Effect>ColorCrrection>Tint（效果>颜色修正>淡色）。

（10）设置Tint滤镜参数。在Effect Controls：jingtouguang（效果参数：jingtouguang）菜单中设置Tint参数。Amount to Tint（实际染色率）设置实际染色率使镜头光颜色柔和。如图2.2.1-026所示。

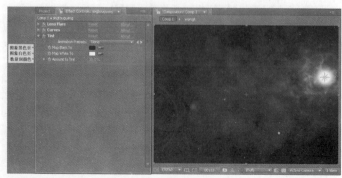

图 2.2.1-026

（11）制作灯光运动。选择灯光层，单击箭头展开层属性，在展开的Transform菜单中设置参数。选中Positon（位置）或者使用快捷键：P，选择Animation >Add Exp ression（动画 >表达式）或者使用快捷键：Alt+Shift+=。编写表达式控制灯光随机运动。如图2.2.1-027所示。

图 2.2.1-027

最终效果图如图2.2.1-028所示。

图 2.2.1-028

[小结]

实例已经制作完毕，回顾一下刚才的制作过程。首先用分形噪波滤镜制作出背景纹理。创建灯光，使灯光影响背景。然后制作遮罩层，使图像四周变黑，产生球面的渐变。设置玻璃滤镜，为玻璃滤镜添加表达式，使滤镜中的灯光位置跟随灯光层位置运动。再制作高光效果，使用圆形工具制作出圆点，使用辉光滤镜在圆点偏边缘处产生发光，调整遮罩属性。设置图层位置表达式，使高光层跟随灯光层位置运动。最后制作镜头光，设置镜头光闪光点表达式，使镜头光闪光点跟随灯光层位置运动。调整镜头光颜色。设置灯光表达式控制灯光运动。

需要注意以下几点：

● 玻璃滤镜

● 表达式编辑

● 噪波使用

思考与练习

1. 熟悉合成层与虚拟层使用以及实际应用。

2. 拍摄一段街舞并为手部或脚部加光效。

实训标准

● 掌握合成层与虚拟层的实际应用，制作出的光效运动动画需要和实际影片中手部或脚部的运动路径一致。

二、 绚烂的光带

过程演示

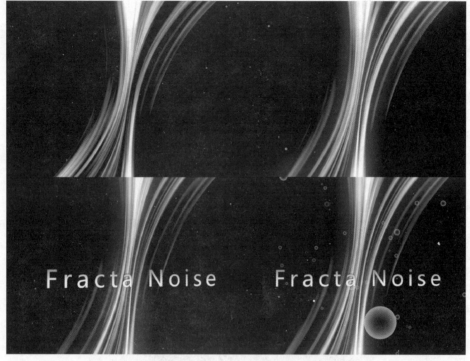

图 2.2.2-001

实例使用色带变化和粒子泡泡以及有立体感的标题，通过摄像机运动在视觉上产生立体。使用分形噪波和贝赛尔弯曲滤镜制作出光带，再通过调整层直接的位置和摄像机运动表现出一个立体的空间。

贝赛尔曲线：一般的矢量图形软件通过它来精确画出曲线，贝兹曲线由线段与节点组成，节点是可拖动的支点，线段像可伸缩的皮筋。

视觉空间：它指的是在人类视线中的空间。

但与四维空间不同的是，它不仅强调了长、宽、高及时间这四个量之间的关系，还强调了视觉源点（注视者）的空间位置。它所表示的是视线中的空间，也就是说，当我们在构建空间模型时，注重的将不再是整个空间的排列，而是视觉源点与外界空间的相对关系。根据这一特性，在以视觉空间为基础的情况下，今后将会有许多理论的生成。

制作流程：首先用分形噪波、贝赛尔弯曲滤镜制作出光带，记录光带关键帧。然后用渐变、标准阴影滤镜制作出立体感的标题。再用Particle World粒子滤镜粒子制作出泡泡。最后记录摄像机运动路径，调整整体效果。

最终效果图如图2.2.2-002所示。

本章涉及的主要知识点如下：

● 分形噪波

图 2.2.2-002

● 贝赛尔弯曲

● 色相/饱和度

● 辉光

● 渐变

● 标准阴影

● Particle World粒子

步骤1:

（1）打开Adobe After Effects CS4，建立新的合成层。选择Composition.>NewComposition（合成>新合成层）菜单命令，或者使用快捷键：Ctrl+N。在弹出的合成层设置对话框中设置合成层参数。在Basic（基本）选项卡中分别设置Preset（预设）、Width（宽度）、Height、（高度）、Pixel Aspect Ratio（像素纵横比）、Frame Rate（帧频）和Duration（时长）。如图2.2.2-003所示。

（2）新建实体层。选择Layer>New>Solid（层>新建>实体层）菜单命令，或者使用快捷键：Ctrl+Y。在弹出的实体层设置对话框中设置实体层参数。Name（命名）、Width（宽度）、Height（高度）、Color（颜色）。制作出一个窄条型的实体层。如图2.2.2-004所示。

图 2.2.2-003

图 2.2.2-004

（3）为[lan]层添加滤镜。选中[lan]层，选择Effect>Noise&Grain>Fractal Noise（效果>噪波&颗粒>分形噪波）菜单命令。

（4）设置分型噪波滤镜参数。在Effect Controls：lan（效果参数：lan）菜单中设置Fractal Noise参数。Contrast（对比度）、Brightness（亮度）、Uniform Scaling（统一比例）、Scale Width（宽度）、Scale Height（高度）。设置噪波滤镜，利用宽度和高度比例，制作出一个丝条状图案。如图2.2.2-005所示。

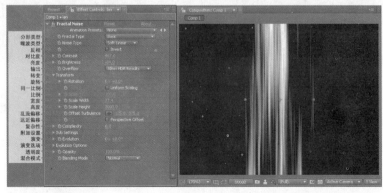

图 2.2.2-005

（5）为[lan]层添加滤镜。选中[lan]层，选择Effect>Distort>Bezier Warp（效果菜单>扭曲>贝赛尔弯曲）。

（6）设置贝塞尔弯曲滤镜参数。在Effect Controls：lan（效果参数：lan）菜单中设置Bezier Warp参数Quality（质量）。设置贝塞尔弯曲滤镜，调整质量为最高。如图2.2.2-006所示。

（7）选中Bezier Warp滤镜，在视窗中用鼠标拖动定点和切线节点位置。在视图窗口中调整划线和定点

图 2.2.2-006

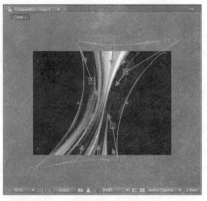

图 2.2.2-007

节点位置，使噪波产生的图案扭曲出类似飘带状。如图2.2.2-007所示。

（8）为[lan]层添加滤镜。选中[lan]层，选择Effect>ColorCrrection> Hue/Saturation（效果>颜色修正>色相/饱和度）。

（9）设置色相饱和度滤镜参数。在Effect Controls：lan（效果参数：lan）菜单中设置Hue/Saturation参数。Colorize（着色）、Colorize Hue（改变色相）、Colorize Saturation（改变饱和度）。设置色相饱和度滤镜，为飘带上层宝石蓝。如图2.2.2-008所示。

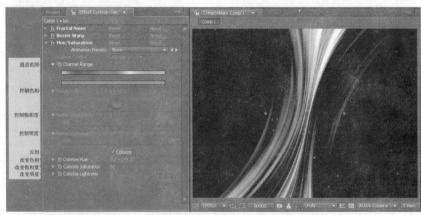

图 2.2.2-008

（10）为[lan]层添加滤镜。选中[lan]层，选择Effect>Stylize> Glow（效果菜单>风格化>辉光）。

（11）设置辉光滤镜参数。在Effect Controls：lan（效果参数：lan）菜单中设置Glow参数。Glow Threshold（辉光极限）、Glow Radius（辉光范围）。设置辉光滤镜，使飘带发光提高亮度。如图2.2.2-009所示。

（12）复制光带层。复制[lan]层，选中[lan]层，选择Edit> Duplicate（编辑>复制）菜单命令，或者使用快捷键：Ctrl+D。

（13）为复制层取名。选中新复制出的层，按回车键，输入名称：lv。

（14）调整[lv]效果参数。

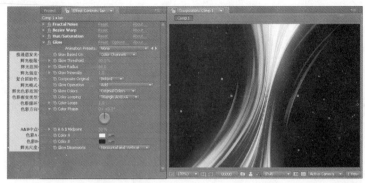

图 2.2.2-009

步骤2：

（1）设置贝塞尔弯曲滤镜参数。在Effect Controls：lv（效果参数：lv）菜单中设置Bezier Warp参数。选中Bezier Warp滤镜，在视窗中用鼠标拖动定点和切线节点位置。调整贝塞尔弯曲滤镜，使复制出的层和之前有些差异。如图2.2.2-010所示。

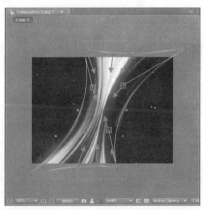

图 2.2.2-010

（2）设置色相饱和度滤镜参数。在Effect Controls：lv（效果参数：lv）菜单中设置Hue/Saturation参数。Colorize（着色）、Colorize Hue（改变色相）、Colorize Saturation（改变饱和度）。设置色相饱和度，使复制出的层颜色改变成绿色。注意颜色需要有一定的对比度，比如用补色。如图2.2.2-011所示。

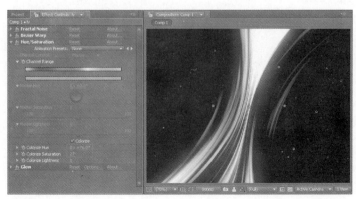

图 2.2.2-011

（3）设置分型噪波滤镜参数。在Effect Controls：lv（效果参数：lv）菜单中设置Fractal Noise参数。Contrast（对比度）、Brightness（亮度）、Uniform Scaling（统一比例）、Scale Width（宽度）。设置分型噪波滤镜，观察试图窗口中绿色飘带颜色，调整辉光，以高光不过爆位为标准。如图2.2.2-012所示。

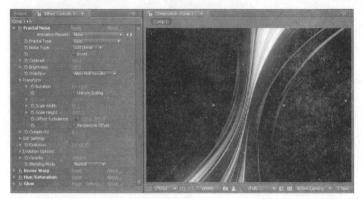

图 2.2.2-012

（4）记录Fractal Noise（分形噪波）滤镜Ecolution（演变）关键帧。选择[lan]层，在时间轴上选择第0帧，在Effect Controls：lan（效果参数：lan）菜单中设置Fractal Noise参数。Ecolution（演变）。设置lan层演变关键帧制作噪波滤镜动画，使飘带通过粗细变化产生运动。如图2.2.2-013所示。

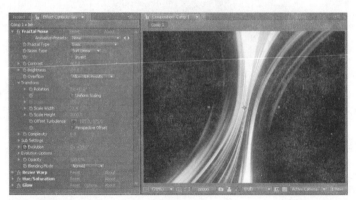

图 2.2.2-013

（5）在时间轴上选择第149帧，在Effect Controls：lan（效果参数：lan）菜单中设置Fractal Noise参数Evolution（演变）。如图2.2.2-014所示。

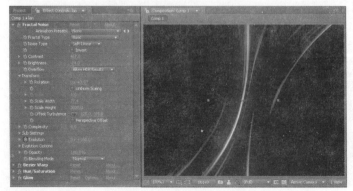

图 2.2.2-014

（6）选择[lv]层，在时间轴上选择第0帧，在Effect Controls：lv（效果参数：lv）菜单中设置Fractal Noise参数Evolution（演变）。设置lv层演变关键帧，制作噪波滤镜动画，使飘带通过粗细变化产生运动。注意设置lv层关键帧时应该和lan层有错位，让两层飘带都产生若隐若现的效果。如图2.2.2-015所示。

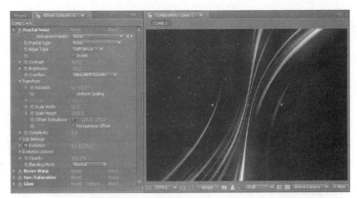

图 2.2.2-015

（7）在时间轴上选择第149帧，在Effect Controls：lv（效果参数：lv）菜单中设置Fractal Noise参数。Evolution（演变）。如图2.2.2-016所示。

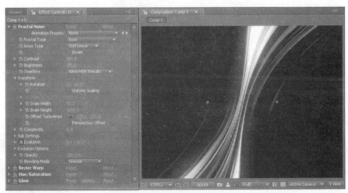

图 2.2.2-016

（8）设置[lv]层和[lan]层混合模式。选择[lv]层和[lan]层Mode（混合模式）为：Screen（遮蔽）。设置两层的混合模式，使两层黑色部分透明，下层不会被上层压住。如图2.2.2-017所示。

图 2.2.2-017

步骤3：

（1）建立标题层。选择Layer>New> Text（层>新建>文字）菜单命令，或者使用快捷键：Crtrl+Alt+Shif+T。在视窗中光标闪动处输入标题，如图2.2.2-018所示。

图 2.2.2-018

（2）为文字层添加滤镜。选择Effect > Generate > Ramp（效果>产生>渐变）。

（3）设置渐变滤镜参数。在Effect Controls：Fracta Noise（效果参数：Fracta Noise）菜单中设置Ramp参数Start of Ramp（起始位置）、End of Ramp（结束位置）。设置渐变滤镜，使标题有渐变色的效果，增加透视感。如图2.2.2-019所示。

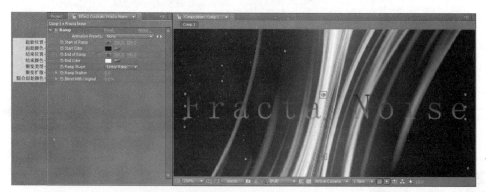

图 2.2.2-019

（3）为文字层添加滤镜。选择Effect>Perspective>Drop Shadow（效果>透视>标准阴影）。添加两个Drop Shadow（标准阴影）滤镜。

（4）设置标准阴影滤镜参数。在Effect Controls：Fracta Noise（效果参数：Fracta Noise）菜单中设置Drop Shadow参数Direction（方向）、Distance（距离）。设置Drop Shadow 2参数：Direction（方向）、Distance（距离）、Softness（柔化）。设置标准阴影滤镜，使标题层视觉上产生立体感。如图2.2.2-020所示。

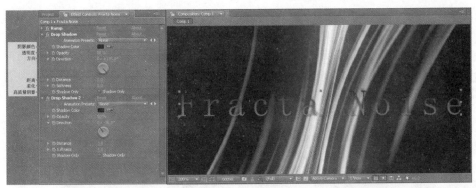

图 2.2.2-020

步骤4：

（1）新建实体层。选择Layer>New>Solid（层>新建>实体层）菜单命令，或者使用快捷键：Ctrl+Y。在弹出的实体层设置对话框中设置实体层参数Name（命名）、并单击Make Comp Size（确定层尺寸）按钮。如图2.2.2-021所示。

（2）为[lizi]层添加滤镜。选择Effect>Simulation>Particle World（效果>Simulation>Particle World）。

（3）设置粒子滤镜参数。在Effect Controls：lizi（效果参数：lizi）菜单中设置Particle World参数。Grid（网格）、Birth Rate（生产速度）、Longevity（生命）sec（秒）、Radius X（X轴范围）、Radius Y（Y轴范围）、Radius Z（Z轴范围）、Velocity（速度）、Gravity（重力）、Particle Type（粒子类型）、Birth Size（产生时尺寸）、Death Size（死亡时尺寸）。

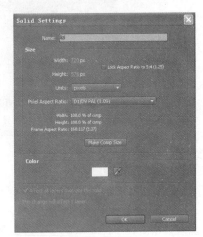

图 2.2.2-021

设置产生速度和生命控制粒子泡泡在视图中的数量，设置X轴范围、Y轴范围和Z轴范围使粒子泡泡扩散开，均匀分布在三维空间中。设置速度使粒子泡泡停留在空中不向四周扩散。设置重力使粒子泡泡悬浮在空中。设置粒子类型产生泡泡效果粒子。设置产生时尺寸和死亡时尺寸，使粒子泡泡产生大小变化。如图2.2.2-022所示。

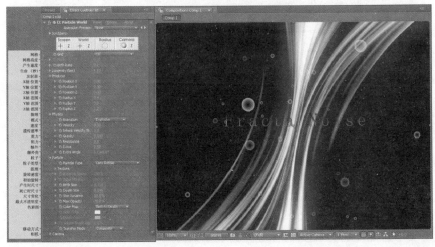

图 2.2.2-022

（4）为[lizi]层添加滤镜。选择Effect>ColorCrrection>Hue/Saturation（效果>颜色修正>色相/饱和度）。

（5）设置色相饱和度滤镜参数。在Effect Controls：lizi（效果参数：lizi）菜单中设置Hue/Saturation参数。Colorize（着色）、Colorize Hue（改变色相）、Colorize Saturation（改变饱和度）、Colorize Lightness（亮度）。设置色相饱和度滤镜，为粒子泡泡上色，颜色接近两条飘带得渐变色。注意在为泡泡上色时需要把亮度降低，白色和黑色调整色相饱和度时不会产生变化。所以需要降低亮度，使泡泡变成灰色。如图2.2.2-023所示。

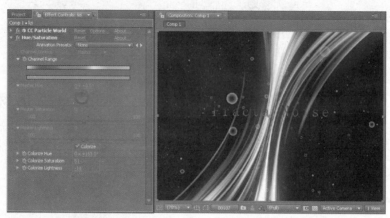

图 2.2.2-023

（6）调整[lizi]层时间轴位置。将光标移动到[lizi]层时间轴中间，按住鼠标左键，向左拖动，观察视窗中粒子，当粒子完全显示出来时停止拖动。调整[lizi]层在时间轴上的位置，在第0帧观察，以泡泡在画面中全部出现为参照。粒子滤镜默认粒子产生需要一定预备时间，本实例中不需要这个预备过程，所以将时间轴移动，改变时间轴上[lizi]层起始帧。如图2.2.2-024所示。

图 2.2.2-024

（7）延长[lizi]层的时长。将光标移动到[lizi]层时间轴最右边，鼠标指针变成左右箭头形状时，按住鼠标左键，像右拖动到最后一帧。调整[lizi]层时间轴时长，填补被移动的[lizi]层空白时间轴。如图2.2.2-025所示。

图 2.2.2-025

步骤5：

（1）建立摄影机。选择Layer>New>Camera（层>新建>摄影机）菜单命令，或者使用快捷键：Ctrl+Alt+Shift+C。在弹出的摄影机设置对话框中设置摄像机参数Preset（预设），选择标准镜头35mm镜头。如图2.2.2-026所示。

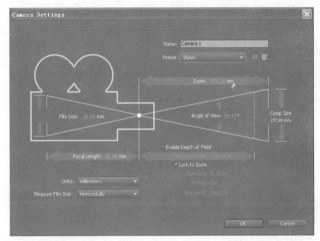

图 2.2.2-026

（2）打开[lv]层、[lan]层和文字层的3D属性。如图2.2.2-027所示。

图 2.2.2-027

（3）设置[lan]、[lv]和文字层Z轴位置。调整[lan]、[lv]和文字层Z轴位置使各层不在一个平面上，这时候摄像机位移时因为各层都不在一个平面，所以各层在摄像机视图中都会产生不同的位移速度，增加空间感。

（4）改变视图模式Top（顶视图）。选择[lv]层，拖动视窗中Z轴箭头，调整[lv]层Z轴位置。设置顶视图，以便观察各层之间位置。如图2.2.2-028所示。

图 2.2.2-028 图层位置设置

（5）选择[lan]层，拖动视窗中Z轴箭头，调整[lan]层Z轴位置。如图2.2.2-029所示。

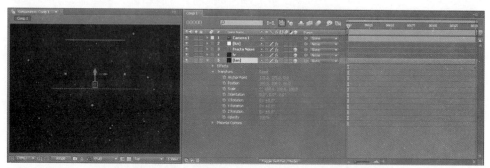

图 2.2.2-029

（6）选择文字层，拖动视窗中Z轴箭头，调整文字层Z轴位置。如图2.2.2-030所示。

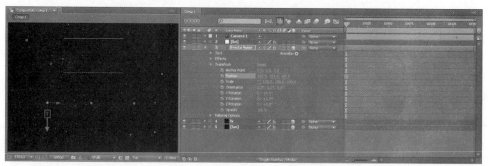

图 2.2.2-030

（7）调整[lan]层比例。选择[lan]层，将光标移动到图层中节点上，按住鼠标左键，向上拖动。因为调整Z轴位置，所以图层在摄像机视图中会变得过大或者过小，通过调整高度比例保证飘带一直都在摄像机视图中，同时拉伸[lan]层使飘带更细。如图2.2.2-031所示。

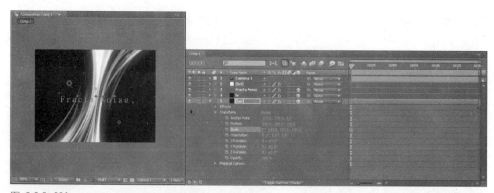

图 2.2.2-031

（8）调整[lv]层比例。选择[lv]层，将光标移动到图层中节点上，按住鼠标左键，向上拖动。因为调整Z轴位置，所以图层在摄像机视图中会变得过大或者过小，通过调整高度比例保证飘带一直都在摄像机视图中。同时拉伸[lv]层使飘带更细。如图2.2.2-032所示。

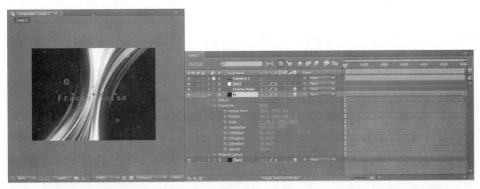

图 2.2.2-032

（9）记录摄像机运动关键帧。选中摄像层，单击箭头展开摄像机层属性菜单，在展开的Transform菜单中设置参数。打开Position（位置）关键帧记录。打开摄像机位置关键帧，制作摄像机运动动画。如图2.2.2-033所示。

图 2.2.2-033

（10）选择时间轴上第0帧，使用Orbit Camera Tool（摄影机轨迹）在视窗中按住鼠标左键拖动，改变摄像机角度。调整摄像机角度使lan层显现大部分，但能看到一些lv层。如图3.2.2-034所示。

（11）选择时间轴上第149帧，使用Orbit Camera Tool（摄影机轨迹），在视窗中按住鼠标左键拖动，改变摄像机角度，使摄像转到另外一边。调整摄像机角度使[lv]层显现大部分，但能看到一些[lan]层。如图2.2.2-035所示。

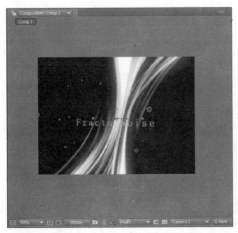

图 2.2.2-034

图 2.2.2-035

步骤6：

（1）选择时间轴上第0帧，选择[lv]层，单击箭头展开层属性，在展开的Transform菜单中调整参数Position（位置）、Y Rotation（Y轴旋转）。在第0帧观察视图窗口中lv层位置调整滤层位置和旋转，使图像看起来更立体。如图2.2.2-036所示。

图 2.2.2-036

（2）选择时间轴上第149帧，在展开的Transform菜单中调整参数Position（位置）。在第149帧观察视图窗口中[lv]层位置调整滤层位置，使图像看起来更立体。在调整lv层位置时也要滑动时间轴观察中间部分，取中间值。如图2.2.2-037所示。

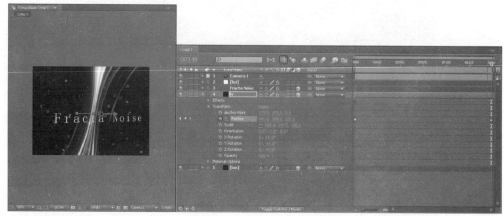

图 2.2.2-037

最终效果图如图2.2.2-038所示。

图 2.2.2-038

[小结]

实例已经制作完毕，回顾一下刚才的制作过程。首先用分形噪波滤镜制作出粗细不等的线条图案，贝赛尔弯曲滤镜是线条弯曲，变成类似飘带状。用色相饱和度滤镜为飘带上色。用光辉滤镜增加飘带光感。复制调整好的层，改变色相和其他滤镜时两层产生出差别。设置噪波滤镜演变关键帧制作噪波运动动画。设置标题层，添加渐变滤镜和标准阴影滤镜增加标题的立体感。再用Particle World粒子滤镜粒子制作出泡泡。使泡泡悬浮在三维空间中，增加空间感。用色相饱和度滤镜为粒子泡泡上色。最后制作摄像机运动，让摄像机以标题为中心做弧线运动。通过运动强化空间感。微调图层位置完善摄像机运动产生的空间感。

需要注意以下几点：

● 光带制作时候应观察视窗调整滤镜参数

● 记录光带演变关键帧时[lan]层、[lv]层需要错开

● 粒子发射从第0帧开始，需要调整[lizi]层时间轴位置

● 粒子着色时必须降低明度，纯白或纯黑无法着色

● 层之间位置和摄像机运动是表现出空间感的重要一环

● 光带、标题、泡泡颜色可以根据个人喜好制作

思考与练习

1. 熟悉噪波滤镜和摄像机使用以及实际应用。

2. 为某频道制作"请稍后继续收看"的较长动画。

实训标准

熟练掌握噪波滤镜和摄像机实际应用，制作出的动画不能太呆板。

▶ 第三节　校色

一、仿剥落防光晕层工艺校色

过程演示

图 2.3.1-001

　　实例使用色阶和淡色滤镜，对图层色调进行修正。模仿传统胶片焦色效果剥落防光晕层工艺，通过色阶滤镜和淡色滤镜搭配，调整模拟出剥落防光晕层的工艺效果。剥落防光晕层工艺：在拍摄之前将原始的摄影底片的光晕层剥落。这种没有了防光晕层的胶片在拍摄时容许光线通过底片，从而反射到背后强烈的金属反光板，围绕着高光点产生了光晕。

　　制作流程：首先导入素材，调整素材图层属性参数。然后添加色阶、淡色、光辉滤镜，分别控制亮度、饱和度、颜色、高光。

　　最终效果如图2.3.1-002所示。

图 2.3.1-002

本章涉及的主要知识点如下：

● 校色

步骤1：

　　（1）打开Adobe After Effects CS4，建立新的合成层。选择Composition.>NewComposition（合成>新合成层）菜单命令，或者使用快捷键：Ctrl+N。在弹出的合成层设置对话框中设置合成层参数。在Basic（基本）选项卡中分别设置Preset（预设）、Width（宽度）、Height（高度）、Pixel Aspect Ratio（像素纵横比）、Frame Rate（帧频）。如图2.3.1-003所示。

　　（2）选择Project（素材）菜单，在空灰色区域单击鼠标右键，在弹出的对话框中选择Import>File（输入>文件），素材文件在素材光盘。

　　（3）将素材图片拖动到合成层中。选择Project（素材）菜单，将导入的素材图片拖动到合成层中。如图2.3.1-004所示。

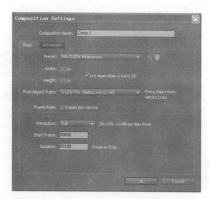

图 2.3.1-003

图 2.3.1-004

（4）调整图层属性。选择[_MG_0027.jpg]层。单击箭头展开属性，在展开的Transform菜单中设置参数Position（位置）、Scale（比例），设置Transform菜单中的参数使素材图片符合画面尺寸大小。如图2.3.1-005所示。

图 2.3.1-005

步骤2：

（1）为[_MG_0027.jpg]层添加加滤镜。选中[_MG_0027.jpg]层，选择Effect>ColorCrrection>Lecels（效果>颜色修正>色阶）。设置Lecels滤镜参数，在Effect Controls：_MG_0027.jpg（效果参数：_MG_0027.jpg）菜单中设置Lecels参数Input White（输入白色），设置输入白色控制色阶范围，只保留有效色阶。如图2.3.1-006所示。

图 2.3.1-006

（2）调整饱和度。为[_MG_0027.jpg]层添加加滤镜。选中[_MG_0027.jpg]层，选择Effect>ColorCrrection>Tint（效果>颜色修正>淡色）。设置Tint滤镜参数，在Effect Controls：_MG_0027.jpg（效果参数：_MG_0027.jpg）菜单中设置Tint参数Amount to Tint（实际染色率），设置实际染色率降低饱和度，增加画面中间色调，为之后的步骤做铺垫。如图2.3.1-007所示。

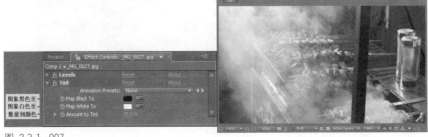

图 2.3.1-007

（3）调整颜色为[_MG_0027.jpg]层添加滤镜。选中[_MG_0027.jpg]层，选择Effect>ColorCrrection>Lecels（效果>颜色修正>色阶）。设置Lecels滤镜参数，在Effect Controls：_MG_0027.jpg（效果参数：_MG_0027.jpg）菜单中设置Lecels参数Input Black（输入黑色）、Input White（输入白色）、Gamma（伽马），调整输入黑色和Gamma值增加画面中暗部比例。如图2.3.1-008所示。

图 2.3.1-008

（4）选择Red（红色）通道，设置Input Black（输入黑色）、Input White（输入白色）、Gamma（伽马）、Output White（输出白色），设置红色通道输入黑色、输入白色值，控制红色通道色阶范围，设置Gamma值控制明暗比例，设置输出白色值提高暗部细节。如图2.3.1-009所示。

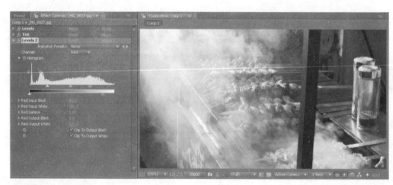

图 2.3.1-009

（5）选择Green（绿色）通道，设置Input Black（输入黑色）、Input White（输入白色）、Gamma（伽马）、Output Black（输出黑色）、Output White（输出白色），设置绿色通道输入黑色、输入白色值控制红色通道色阶范围，设置Gamma值控制明暗比例，设置输出白色值提高暗部细节，如图2.3.1-010所示。

图 2.3.1-010

（6）选择Blue（蓝色）通道，设置Input White（输入白色）、Gamma（伽马）、Output Black（输出黑色）、Output White（输出白色），设置蓝色通道输入白色值控制红色通道色阶范围，设置Gamma值控制明暗比例，设置输出黑色、输出白色值增加细节，同时注意蓝色输入值调整时需要比红色通道和绿色通道调整范围小，让画面中多些暖色调，如图2.3.1-011所示。

图 2.3.1-011

（7）为[_MG_0027.jpg]层添加滤镜。选中[_MG_0027.jpg]层，选择Effect>ColorCrrection>Tint（效果>颜色修正>淡色）。设置Tint滤镜参数，在Effect Controls：_MG_0027.jpg（效果参数：_MG_0027.jpg）菜单中设置Tint参数。Amount to Tint（实际染色率），设置实际染色率参数，降低饱和度增加中间值，为下面步骤调整作铺垫。如图2.3.1-012所示。

图 2.3.1-012

（8）调整结束亮度。为[_MG_0027.jpg]层添加滤镜。选中[_MG_0027.jpg]层，选择Effect>ColorCrrection>Lecels（效果>颜色修正>色阶）。设置Lecels滤镜参数。在Effect Controls：_MG_0027.jpg（效果参数：_MG_0027.jpg）菜单中设置Lecels参数。Input Black（输入黑色）、Input White（输入白色）、Gamma（伽马），设置输入黑色、输入白色控制色阶范围，设置Gamma值控制对比度。如图2.3.1-013所示。

图 2.3.1-013

（9）选择Red（红色）通道，设置Input White（输入白色）、Gamma（伽马）、Output Black（输出黑色），设置红色通道输入白色控制色阶范围，设置Gamma值控制明暗对比度，设置输出黑色提高画面明度。如图2.3.1-014所示。

图 2.3.1-014

（10）选择Green（绿色）通道，设置Input Black（输入黑色）、Input White（输入白色），设置绿色通道输入黑色、输入白色数值，增加画面中绿色比例使画面中色调变成橙色。如图2.3.1-015所示。

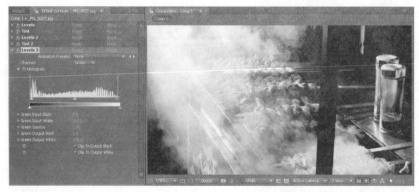

图 2.3.1-015

（11）选择Blue（蓝色）通道，设置Input Black（输入黑色），设置蓝色通道输入黑色降低画面中冷色调比例，更强化暖色调。如图2.3.1-016所示。

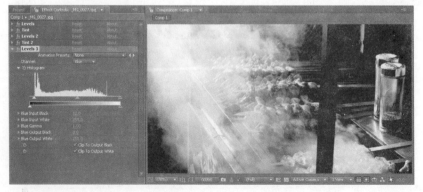

图 2.3.1-016

步骤3：

（1）调整光辉为[_MG_0027.jpg]层添加滤镜。选择[_MG_0027.jpg]层，选择Effect> Stylize>Glow（效果>风格化>光辉）。设置光辉滤镜参数。选择Effect Controls _MG_0027.jpg（效果参数_MG_0027.jpg）设置Glow滤镜参数，Glow Threshold（光辉极限）、Glow Threshokd（光辉范围）、Composite Original（混合原始色）、Glow Operation（光辉模式）、Glow Colors（光辉色彩范围）、Color A（色彩A）、Color B（色彩B），设置光辉极限和光辉范围控制光辉范围，设置光辉色彩范围和A、B颜色控制光辉的颜色，光辉只会在高光部分产生。如图2.3.1-017所示。

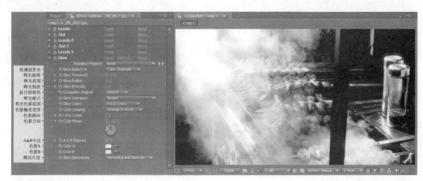

图 2.3.1-017

最终效果如图2.3.1-018所示。

图 2.3.1-018

[小结]

实例已经制作完毕，回顾一下刚才的制作过程。首先导入素材，调整素材尺寸，使用色阶、淡色、光辉滤镜组合修正图象色彩。再用色阶滤镜调整色阶范围。然后用淡色滤镜降低图象饱和度，用色阶滤镜通过调整各个通道参数修整图象色彩，使用淡色滤镜调整图象饱和度，最后用色阶滤镜修正图象亮度区域，让光辉滤镜加亮高光区域。

需要注意以下几点：色阶滤镜和淡色滤镜组合使用，光辉滤镜的使用是剥落防光晕层工艺效果的重要一环。

思考与练习

1. 掌握校色滤镜组合使用以及实际应用。
2. 拍摄餐具照片制作剥落防光晕层工艺效果。

实训标准

熟练掌握校色滤镜组合实际应用。校色时注意保留细节。

二、仿留银工艺校色

过程演示

图 2.3.2-001

实例使用色阶和淡色滤镜，对图层色调进行修正。模仿传统胶片焦色效果留银工艺，通过色阶滤镜和淡色滤镜搭配调整模拟出留银工艺效果。

留银工艺：对正片影像的对比度、色饱和度、颗粒和暗部层次都有所作用。其中ENR是一种最流行的留银工艺。

ENR：在正片洗印适当的阶段插入一个附加黑白显影前浴过程，以便保留银粒子。在胶片漂白以后，银粒子被定影出胶片之前，这个额外的前浴容许一定数量的银粒子被重新显影，使得大部分曝光的区域尤其是在暗部增加密度。

制作流程：首先导入素材，调整素材图层属性参数。然后添加色阶、淡色滤镜，分别控制亮度、饱和度、颜色。

最终效果如图2.3.2-002所示。

图 2.3.2-002

本章涉及的主要知识点如下：

● 校色

步骤1：

（1）打开Adobe After Effects CS4，建立新的合成层。选择Composition.>NewComposition（合成>新合成层）菜单命令，或者使用快捷键：Ctrl+N。在弹出的合成层设置对话框中设置合成层参数。在Basic（基本）选项卡中分别设置Preset（预设）、Width（宽度）、Height（高度）、Pixel Aspect Ratio（像素纵横比）、Frame Rate（帧频）。如图2.3.2-003所示。

（2）选择Project（素材）菜单，在空灰色区域单击鼠标右键，在弹出的对话框中选择Import>File（输入>文件），素材文件在素材光盘。

（3）将素材图片拖动到合成层中。选择Project（素材）菜单，将导入的素材图片拖动到合成层中。如图2.3.2-004所示。

图 2.3.2-003

图 2.3.2-004

（4）调整图层属性。选择[tiaose1.jpg]层。单击箭头展开属性，在展开的Transform菜单中设置参数Position（位置）、Scale（比例），设置Transform菜单中参数使素材图片符合画面尺寸大小。如图2.3.2-005所示。

图 2.3.2-005

步骤2：

（1）起始亮度调整为[tiaose1.jpg]层添加滤镜。选中[tiaose1.jpg]层，选择Effect>ColorCrrection>Lecels（效果>颜色修正>色阶）。设置Lecels滤镜参数。在Effect Controls：tiaose1.jpg（效果参数：tiaose1.jpg）菜单中设置Lecels参数。Gamma（伽马）、Output White（输出白色），调整Gamma和输出白色，使画面中暗部亮起来，调整时不宜过大只是做修正。如图2.3.2-006所示。

图 2.3.2-006

（2）调整饱和度。为[tiaose1.jpg]层添加滤镜。选中[tiaose1.jpg]层，选择Effect>ColorCrrection>Tint（效果>颜色修正>淡色），设置Tint滤镜参数。在Effect Controls：tiaose1.jpg（效果参数：tiaose1.jpg）菜单中设置Tint参数Amount to Tint（实际染色率），设置实际染色率使画面色彩饱和度降低。如图2.3.2-007所示。

图 2.3.2-007

（3）调整颜色为[tiaose1.jpg]层添加滤镜。选中[tiaose1.jpg]层，选择Effect>ColorCrrection>Lecels（效果>颜色修正>色阶），设置Lecels滤镜参数。在Effect Controls：tiaose1.jpg（效果参数：tiaose1.jpg）菜单中设置Lecels参数，Input Black（输入黑色）、Input White（输入白色）、Gamma（伽马）、Output White（输出白色），设置输入黑色和输入白色，控制色阶范围。设置Gamma和输出白色控制暗部细节损失大小，提高画面中颜色层次感。如图2.3.2-008所示。

图 2.3.2-008

（4）选择Red（红色）通道，设置Input Black（输入黑色）、Input White（输入白色），从细节部分调整红色通道影响画面层次参数。如图2.3.2-009所示。

图 2.3.2-009

（5）选择Blue（蓝色）通道，设置Gamma（伽马）、Output Black（输出黑色）、Output White（输出白色），从细节部分调整蓝色通道影响画面层次参数。如图2.3.2-010所示。

图 2.3.2-010

（6）调整饱和度2。为[tiaose1.jpg]层添加滤镜。选中[tiaose1.jpg]层，选择Effect>ColorCrrection>Tint（效果>颜色修正>淡色），设置Tint滤镜参数。在Effect Controls：tiaose1.jpg（效果参数：tiaose1.jpg）菜单中设置Tint参数Amount to Tint（实际染色率），设置实际染色率平滑色彩的层次，使其柔和不失层次感。如图2.3.2-011所示。

图 2.3.2-011

（7）调整亮度。为[tiaose1.jpg]层添加滤镜。选中[tiaose1.jpg]层，选择Effect>ColorCrrection>Lecels（效果>颜色修正>色阶），设置Lecels滤镜参数。在Effect Controls：tiaose1.jpg（效果参数：tiaose1.jpg）菜单中设置Lecels参数,Input Black（输入黑色）、Input White（输入白色）、Gamma（伽马），设置输入黑色、输入白色、Gamma值控制画面色阶范围，提高明暗对比度。如图2.3.2-012所示。

图 2.3.2-012

（8）调整颜色2。为[tiaose1.jpg]层添加滤镜。选中[tiaose1.jpg]层，选择Effect>ColorCrrection>Lecels（效果>颜色修正>色阶）。设置Lecels滤镜参数。在Effect Controls：tiaose1.jpg（效果参数：tiaose1.jpg）菜单中设置Lecels参数，Input Black（输入黑色）、Input White（输入白色）、Gamma（伽马），设置输入黑色、输入白色和Gamma值调整暗部细节层次对比度。如图2.3.2-013所示。

图 2.3.2-013

最终效果如图2.3.2-014所示。

图 2.3.2-014

[小结]

实例已经制作完毕，回顾一下刚才的制作过程。首先导入素材，调整素材尺寸；然后使用色阶、淡色滤镜组合修正图象色彩，使用色阶滤镜调整色阶范围，用淡色滤镜降低图象饱和度；再用色阶滤镜通过调整各个通道参数修整图象色彩，使用淡色滤镜调整图象饱和度；最后用色阶滤镜修正图象亮度区域，色阶滤镜通过调整图象色彩。

需要注意以下几点：色阶滤镜和淡色滤镜组合使用

思考与练习

1. 掌握校色滤镜组合使用以及实际应用。
2. 拍摄硬调场景照片制作留银工艺效果。

实训标准

熟练掌握校色滤镜组合实际应用，校色时注意保留细节。

三、仿前闪后闪工艺校色

过程演示

图 2.3.3-001

实例使用色阶和淡色滤镜，对图层色调进行修正。模仿传统胶片校色效果前闪后闪工艺，通过色阶滤镜和淡色滤镜搭配，调整模拟出前闪后闪的工艺效果。前闪后闪工艺是在胶片拍摄之前或之后进入暗房，在暗房中使用需要的光源色控制曝光量对胶片进行曝光。经过此工艺处理的影片就像是蒙上了一层淡淡滤色镜，以此控制影片整体风格。由于此工艺需要对曝光控制极为精密，如今还没有摄影师能掌握此项技术。

制作流程：首先导入素材，调整素材图层属性参数。然后添加色阶、淡色、光辉滤镜，分别控制亮度、饱和度、颜色、高光。

最终效果如图2.3.3-002所示。

图 2.3.3-002

本章涉及的主要知识点如下：

● 校色

步骤1：

（1）打开Adobe After Effects CS4，建立新的合成层。选择Composition.>NewComposition（合成>新合成层）菜单命令，或者使用快捷键：Ctrl+N。在弹出的合成层设置对话框中设置合成层参数。在Basic（基本）选项卡中分别设置Preset（预设）、Width（宽度）、Height（高度）、Pixel Aspect Ratio（像素纵横比）、Frame Rate（帧频）。如图2.3.3-003所示。

（2）选择Project（素材）菜单，在空灰色区域单击鼠标右键，在弹出的对话框中选择Import>File（输入>文件），素材文件在素材光盘。

（3）将素材图片拖动到合成层中。选择Project（素材）菜单，将导入的素材图片拖动到合成层中。如图2.3.3-004所示。

图 2.3.3-003

图 2.3.3-004

（4）调整图层属性。选择[_MG_0055.jpg]层。单击箭头展开属性，在展开的Transform菜单中设置参数Position（位置）、Scale（比例）。如图2.3.3-005所示。

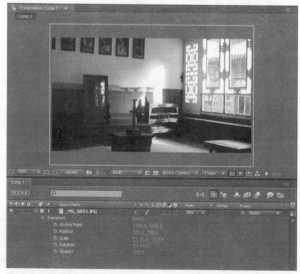

图 2.3.3-005

步骤2：

（1）起始亮度调整，为[_MG_0055.jpg]层添加滤镜。选中[_MG_0055.jpg]层，选择Effect>ColorCrrection>Lecels（效果>颜色修正>色阶），设置Lecels滤镜参数。在Effect Controls：_MG_0055.jpg（效果参数：_MG_0055.jpg）菜单中设置Lecels参数。Lnput Black（输入黑色）、Input White（输入白色）、Gamma（伽马），设置输入黑色、输入白色和Gamma值提高图片亮部，使图片中显示出更多细节，如图2.3.3-006所示。

图 2.3.3-006

（2）调整颜色，为[_MG_0055.jpg]层添加滤镜。选中[_MG_0055.jpg]层，选择Effect>ColorCrrection>Lecels（效果>颜色修正>色阶），设置Lecels滤镜参数。在Effect Controls：_MG_0055.jpg（效果参数：_MG_0055.jpg）菜单中设置Lecels参数，Input Black（输入黑色）、Output White（输出白色）、Gamma（伽马），设置输入黑色和Gamma值调整暗部范围，设置输出白色微调亮部颜色。如图2.3.3-007所示。

图 2.3.3-007

（3）选择Red（红色）通道，设置Input Black（输入黑色）、Input White（输入白色）、Gamma（伽马）、设置红色通道输入黑色、输入白色和Gamma值增加图像中的红色，使场景看起来是被红色光照亮。如图2.3.3-008所示。

图 2.3.3-008

（4）选择Green（绿色）通道，设置Input Black（输入黑色）、Input White（输入白色）、Gamma（伽马），设置绿色通道中输入黑色、输入白色、Gamma值使图像中红色的光变成黄色。如图2.3.3-009所示。

图 2.3.3-009

（5）选择Blue（蓝色）通道，设置Input White（输入白色）、Gamma（伽马）、Output Black（输出黑色）、Output White（输出白色），设置蓝色通道输入白色、输入黑色、Gamma值、输出白色，使图像中黄色光加强，这里不要害怕颜色过强，但要注意颜色不要过爆。如图2.3.3-010所示。

图 2.3.3-010

（6）调整饱和度。为[_MG_0055.jpg]层添加滤镜。选中[_MG_0055.jpg]层，选择Effect>ColorCrrection>Tint（效果>颜色修正>淡色）。设置Tint滤镜参数。在Effect Controls：_MG_0055.jpg（效果参数：_MG_0055.jpg）菜单中设置Tint参数，Amount to Tint（实际染色率），设置实际染色率淡化图像中过强的色彩，但要留有一定的调子。如图2.3.3-011所示。

图 2.3.3-011

（7）调整结束亮度。为[_MG_0055.jpg]层添加滤镜，选中[_MG_0055.jpg]层，选择Effect>ColorCrrection>Lecels（效果>颜色修正>色阶）。设置Lecels滤镜参数。在Effect Controls: _MG_0055.jpg（效果参数：_MG_0055.jpg）菜单中设置Lecels参数，Input Black（输入黑色）、Input White（输入白色）、Gamma（伽马），设置输入黑色、输入白色、Gamma值微调亮部区域，注意高光区域可以适当得过爆些。如图2.3.3-012所示。

图 2.3.3-012

（8）选择Red（红色）通道，设置Input White（输入白色）、Gamma（伽马）、Output Black（输出黑色），设置红色通道中输入白色、Gamma值和输出黑色，调整图像中过度偏青色。如图2.3.3-013所示。

图 2.3.3-013

（9）选择Green（绿色）通道，设置Gamma（伽马）、Output Vlack（输出黑色），设置绿色通道Gamma和输出黑色降低图像中的青色，使图象变成暖色调。如图2.3.3-014所示。

图 2.3.3-014

（10）选择Blue（蓝色）通道，设置Input White（输入白色）、Output White（输出白色），设置蓝色通道输入白色和输出白色降低图像中过黄墙壁，调整时注意墙面要留有一定的颜色。如图2.3.3-015所示。

图 2.3.3-015

最终效果如图2.3.3-016 所示。

图 2.3.3-016

[小结]

实例已经制作完毕，回顾一下刚才的制作过程。首先导入素材，调整素材尺寸。然后使用色阶、淡色滤镜组合修正图象色彩。再使用色阶滤镜调整色阶范围，用色阶滤镜通过调整各个通道参数修整图象色彩。然后淡色滤镜调整图象饱和度。最后用色阶滤镜通过调整图象色彩来修正图象亮度区域。

需要注意以下几点：

● 校色

思考与练习

1. 掌握校色滤镜组合使用以及实际应用。
2. 拍摄风光照片制作前闪后闪工艺校色效果。

实训标准

熟练掌握校色滤镜组合实际应用。校色时注意保留细节。

四、仿黑白片校色
过程演示

图 2.3.4-001

实例使用色阶和淡色滤镜，对图层色调进行修正。模仿传统黑白胶片焦色效果，通过色阶滤镜、色相饱和度滤镜和淡色滤镜搭配，将彩色片调整成有层次的黑白片。黑白胶片以卤化银作为感光介质。卤化银遇光或射线产生化学反应形成潜影，经化学处理（显影、定影）得到固定影像。它的特点是以银的微粒形成黑色影像，黑白胶片的质感是数码技术无法取代的。最直观的解释胶片就是放大后所看到的是微小银粒子，数码片放大后看到的是矩形色块。

制作流程：首先导入素材，调整素材图层属性参数。然后添加色阶、淡色、色相饱和度滤镜，分别控制亮度、饱和度、颜色、高光。

最终效果如图2.3.4-002所示。

图 2.3.4-002

本章涉及的主要知识点如下：

● 校色

步骤1：

（1）打开Adobe After Effects CS4，建立新的合成层。选择Composition.>NewComposition（合成>新合成层）菜单命令，或者使用快捷键：Ctrl+N。在弹出的合成层设置对话框中设置合成层参数。在Basic（基本）选项卡中分别设置Preset（预设）、Width（宽度）、Height（高度）、Pixel Aspect Ratio（像素纵横比）、Frame Rate（帧频）。如图2.3.4-003所示。

（2）选择Project（素材）菜单，在空灰色区域单击鼠标右键，在弹出的对话框中选择Import>File（输入>文件），素材文件在素材光盘。

（3）将素材图片拖动到合成层中。选择Project（素材）菜单，将导入的素材图片拖动到合成层中，如图2.3.4-004所示。

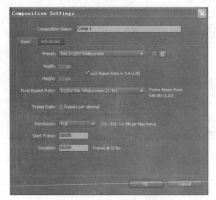
图 2.3.4-003

图 2.3.4-004

（4）调整图层属性。选择[_MG_0003.jpg]层。单击箭头展开属性，在展开的Transform菜单中设置参数Position（位置）、Scale（比例）。如图2.3.4-005所示。

图 2.3.4-005

步骤2：

（1）起始亮度调整为[_MG_0003.jpg]层添加滤镜。选中[_MG_0003.jpg]层，选择Effect>ColorCrrection>Lecels（效果>颜色修正>色阶）。选择Red（红色）通道，设置Input Black（输入黑色）、Input White（输入白色），设置红色通道范围，以直方图为标准。如图2.3.4-006所示。

图 2.3.4-006

（2）选择Green（绿色）通道，设置Input Black（输入黑色）、Input White（输入白色），设置绿色通道范围，以直方图为标准。如图2.3.4-007所示。

图 2.3.4-007

（3）选择Blue（蓝色）通道，设置Input Black（输入黑色）、Input White（输入白色），设置蓝色通道范围，以直方图为标准，修正各个色阶得有效色阶方便后面的调整，也可以有效地最大保留图像中的层次。如图2.3.4-008所示。

图 2.3.4-008

（4）调整饱和度。为[_MG_0003.jpg]层添加滤镜。选中[_MG_0003.jpg]层，选择Effect>ColorCrrection>Tint（效果>颜色修正>淡色）。设置Tint滤镜参数，在Effect Controls：_MG_0003.jpg（效果参数：_MG_0003.jpg）菜单中设置Tint参数Amount to Tint（实际染色率）。设置实际染色滤使图象成黑白灰色。如图2.3.4-009所示。

图 2.3.4-009

（5）调整颜色为[_MG_0003.jpg]层添加滤镜。选中[_MG_0003.jpg]层，选择Effect>ColorCrrection>Hue/Saturation（效果>颜色修正>色相饱和度）。设置Hue/Saturation滤镜参数。在Effect Controls：_MG_0003.jpg（效果参数：_MG_0003.jpg）菜单中设置Hue/Saturation参数，Colorize（着色）、Colorize Hue（修改色相）、Colorize Saturation（修改饱和度），设置色相调整出褐色，设置饱和度控制图像中褐色有一定灰度，黑白胶片中往往不是纯黑白色，都会多少偏些褐色。如图2.3.4-009所示。

图 2.3.4-010

（6）结束亮度为[_MG_0003.jpg]层添加滤镜。选中[_MG_0003.jpg]层，选择Effect>ColorCrrection>Lecels（效果>颜色修正>色阶），设置Lecels滤镜参数。在Effect Controls：_MG_0003.jpg（效果参数：_MG_0003.jpg）菜单中设置Lecels参数。Input Black（输入黑色）、Gamma（伽马），设置输入黑色和Gamma值调整图像中暗部和亮部对比，以亮部最亮但又保留一定细节，暗部最暗但保留一定细节为标准。如图2.3.4-011所示。

图 2.3.4-011

（7）为[_MG_0003.jpg]层添加滤镜。选中[_MG_0003.jpg]层，选择Effect>ColorCrrection>Tint（效果>颜色修正>淡色）。设置Tint滤镜参数，在Effect Controls：_MG_0003.jpg（效果参数：_MG_0003.jpg）菜单中设置Tint参数。Amount to Tint（实际染色率），设置实际染色率，降低饱和度但注意不要完全消除掉褐色。如图2.3.4-012所示。

图 2.3.4-012

最终效果如图2.3.4-013所示。

图 2.3.4-013

[小结]

实例已经制作完毕，回顾一下刚才的制作过程。首先导入素材，调整素材尺寸。然后使用色阶滤调整各个通道的色阶范围，淡色滤镜调整图象为黑白灰色。再用色相饱和度滤镜为图像中加入褐色，色阶滤镜调整图象对比度。最后用淡色滤镜调整图象饱和度和柔和度。

需要注意以下几点：

● 校色

思考与练习

1. 掌握校色滤镜组合使用以及实际应用。

2. 拍摄街道照片制作黑白校色效果。

实训标准

熟练掌握校色滤镜组合的实际应用，校色时注意保留细节。

五、四季校色
过程演示

图 2.3.5-001

实例使用色阶、曲线、色相饱和度滤镜，组合在一起分别对同一张图片调整出4个季节的色调。在制作校色时候首先需要明确目的，就是说要了解通过校色这个环节后要达到一种什么效果。其次是观察原素材，考虑什么样的手法才能达到预期的效果。准备工作完成后再来了解一下色阶、曲线、色相饱和度三大校色基础滤镜。在素材拍摄时候就应该考虑到后期校色，如果使用夜晚素材需要校色成白天时，会对图像像素造成严重的损失。

色阶：表示图像亮度强弱的指数标准，也就是色彩指数，在数字图像处理教程中，指的是灰度分辨率（又称为灰度级分辨率或者幅度分辨率）。图像的色彩丰满度和精细度是由色阶决定的，色阶指亮度，和颜色无关，但最亮的只有白色，最不亮的只有黑色。色阶指亮度，和颜色无关，色阶表现了一幅图的明暗关系。色阶图只是一个直方图，用横坐标标注质量特性值，纵坐标标注频数或频率值，各组的频数或频率的大小是用直方柱的高度表示的图形，可将各种类型的数据绘制成此图表。在数字图像中，色阶图是说明照片中像素色调分布的图表。

曲线：曲线作用基本和色阶相同，只是显示形式不相同。曲线特别适用于Gamma（伽马）校正，使用曲线校正时，会使图像更加温和、优美。

色相饱和度：色相饱和度滤镜中包括Hue（色相）、Luminance（亮度）、Saturation（饱和度）调整。色相是颜色的一种属性，它实质上是色彩的基本颜色，即通常讲的红、橙、黄、绿、青、蓝、紫七种，每一种代表一种色相，色相的调整也就是改变它的颜色。亮度就是各种颜色的图形原色（如RGB图像的原色为R、G、B三种或各自的色相）的明暗程度，亮度调整也就是明暗度的调整。亮度范围从 0 到255，共分为256个等级。而通常的灰度图像，就是在纯白色和纯黑色之间划分了256个级别的亮度，也就是从白到灰再转黑。同理，在RGB模式中则代表着原色的明暗度，即红绿蓝三原色的明暗度从浅到深。饱和度是指图像颜色的彩度。对于每一种颜色都有一种人为规定的标准颜色，饱和度就是用描述颜色与标准颜色之间的相近程度的物理量。调整饱和度就是调整图像的彩度，将一个图像的饱和度条为零时，图像则变成一个灰度图像，大家在电视机上可以尝试调整饱和度。

　　制作流程：春，使用色相饱和度和曲线滤镜组合调整。夏，使用色阶和曲线滤镜组合调整。秋，使用色阶、曲线、色相饱和度滤镜组合调整。冬，使用色阶、曲线、色相饱和度滤镜组合，再通过层混合调整。

　　最终效果如图2.3.5-002所示。

图 2.3.5-002

　　本章主要知识点：

● 校色

● 校色滤镜组合

1. 春

　　春天的颜色应该是嫩绿色为主，色调应以淡色为主。所以使用色相饱和度滤镜调整色相饱和度，再用曲线通过各个通道修正图像颜色使整体颜色偏嫩绿。

　　步骤：

　　（1）打开Adobe After Effects CS4，建立新的合成层。选择Composition.>NewComposition（合成>新合成层）菜单命令，或者使用快捷键：Ctrl+N。在弹出的合成层设置对话框中设置合成层参数。在Basic

（基本）选项卡中分别设置Preset（预设）、Width（宽度）、Height（高度）、Pixel Aspect Ratio（像素纵横比）、Frame Rate（帧频）。如图2.3.5-003所示。

（2）导入素材文件。选择Project（素材）菜单，在空灰色区域单击鼠标右键，在弹出的对话框中选择Import>File（输入>文件）命令，素材文件在素材光盘。

（3）将素材图片拖动到合成层中。选择Project（素材）菜单，将导入的素材图片拖动到合成层中。如图2.3.5-004所示。

图 2.3.5-003

图 2.3.5-004

（4）调整图层属性。选择[_MG_0027.jpg]层。单击箭头展开属性，在展开的Transform菜单中设置参数Position（位置）、Scale（比例）。如图2.3.5-005所示。

图 2.3.5-005

（5）为[4ji.jpg]层添加滤镜。选中[4ji.jpg]层，选择Effect>ColorCrrection>Hue/Saturation（效果>颜色修正>色相/饱和度）命令。

（6）设置Hue/Saturation滤镜参数。在Effect Controls：4ji.jpg（效果参数：4ji.jpg）菜单中设置Hue/Saturation参数。Master Saturation（控制饱和度）、Master Lightness（控制亮度），调高饱和度让素材中

的色彩变得更饱满，提高亮度让整个场景亮起来，这里需要注意饱和度不易过高，春天的色彩虽然饱满但很温和。如图2.3.5-006所示。

图 2.3.5-006

（7）为[4ji.jpg]层添加滤镜。选中[4ji.jpg]层，选择Effect>ColorCorrection>Curves（效果>颜色修正>曲线）。

（8）设置Curves（曲线）滤镜参数。在Effect Controls 4ji.jpg（效果参数：4ji.jpg）菜单中设置Curves参数。选择Red（红色）通道，调整曲线弯曲，这里曲线只需要控制Gamma值，用曲线调整Gamma值会比用色阶调整出的图像更柔和。如图2.3.5-007所示。

图 2.3.5-007

（9）在Effect Controls4ji.jpg（效果参数：4ji.jpg）菜单中设置Curves参数。选择Green（绿色）通道，调整曲线弯曲，调整绿色通道的曲线让素材的绿色部分整体提亮，变成嫩绿色，更符合春天的颜色。如图2.3.5-008所示。

图 2.3.5-008

（10）在Effect Controls4ji.jpg（效果参数：4ji.jpg）菜单中设置Curves参数。选择Blue（蓝色）通道，调整曲线弯曲，同时降低蓝色通道亮度，减少了场景中的蓝色，会使绿色更突出，但如果减少了红色通道场景中就会缺少黄色，所以这里选择降低蓝色通道。如图2.3.5–009所示。

图 2.3.5–009

2. 夏

在完成春的校色之后，继续来调整这张青山的图片，让树木显得更加郁郁葱葱，有夏天的气息。

夏天的颜色应该是以鲜艳的颜色为主，色调应以饱和度高的色调为主，所以使用色阶滤镜对各个通色阶进行修正提高图像锐度，用曲线滤镜修正图像Gamma值。

步骤：

（1）建立新的合成层。选择Composition.>NewComposition（合成>新合成层）菜单命令，或者使用快捷键：Ctrl+N，在弹出的合成层设置对话框中设置合成层参数。在Basic（基本）选项卡中分别设置Preset（预设）、Width（宽度）、Height（高度）、Pixel Aspect Ratio（像素纵横比）、Frame Rate（帧频）。如图2.3.5–010所示。

（2）将素材图片拖动到合成层中。选择Project（素材）菜单，将导入的素材图片拖动到合成层中。如图2.3.5–011所示。

图 2.3.5–010

图 2.3.5–011

（3）调整图层属性。选择[_MG_0027.jpg]层，单击箭头展开属性，在展开的Transform菜单中设置参数Position（位置）、Scale（比例）。如图2.3.5-012所示。

图 2.3.5-012

（4）为[4ji.jpg]层添加滤镜。选中[4ji.jpg]层，选择Effect>ColorCorrection>Levels（效果>颜色修正>色阶）命令。

（5）设置Levels（色阶）滤镜参数。在Effect Controls：4ji.jpg（效果参数：4ji.jpg）菜单中设置Levels参数。选择Red（红色）通道，设置Input Black（输入黑色）、Input White（输入白色）、Gamma（伽马），这里调整输入黑色、输入白色节点主要是依据我们所需要的色彩范围而定，夏天颜色会有点刺眼所以需要缩短色阶的范围，夏天黄色相对少于春秋，控制Gamma值观察图片直到黄色降低，如图2.3.5-013所示。

图 2.3.5-013

（6）在Effect Controls：4ji.jpg（效果参数：4ji.jpg）菜单中设置Levels参数。选择Green（绿色）通道，设置Input Black（输入黑色）、Input White（输入白色）、Gamma（伽马），选择绿色通道，观察色阶时会发现色阶两头都是空白的，调整输入黑色、输入白色节点的范围。调整Gamma值以及微调颜色的深度。如图2.3.5-014所示。

图 2.3.5-014

（7）在Effect Controls：4ji.jpg（效果参数：4ji.jpg）菜单中设置Levels参数。选择Blue（蓝色）通道，Gamma（伽马），选择蓝色通道，调整Gamma值观察图片并微调整体色彩，如图2.3.5-015所示。

图 2.3.5-015

（8）为[4ji.jpg]层添加滤镜。选中[4ji.jpg]层，选择Effect>ColorCorrection>Curves（效果>颜色修正>曲线）。

（9）设置Curves滤镜参数。在Effect Controls4ji.jpg（效果参数：4ji.jpg）菜单中设置Curves参数。调整曲线弯曲，通过调整曲线弯曲，使素材图片整体的明暗对比变强。如图2.3.5-016所示。

图 2.3.5-016

3．秋

秋天的颜色应该是橄榄绿和金黄色为主，色调应以饱和度低的颜色为主。色阶滤镜对各通道色阶修正。用曲线工具对通道调整，整体校出秋天的感觉。用色相饱和度滤镜对局部校色使秋天色彩更强烈，用色阶滤镜修正图像明暗对比，用曲线滤镜修正图像Gamma值。

步骤1：

（1）建立新的合成层，选择Composition.>NewComposition（合成>新合成层）菜单命令，或者使用快捷键：Ctrl+N。在弹出的合成层设置对话框中设置合成层参数。在Basic（基本）选项卡中分别设置Preset（预设）、Width（宽度）、Height（高度）、Pixel Aspect Ratio（像素纵横比）、Frame Rate（帧频）。如图2.3.5–017所示

（2）将素材图片拖动到合成层中。选择Project（素材）菜单，将导入的素材图片拖动到合成层中。如图2.3.5–018所示。

图 2.3.5–017

图2.3.5–018

（3）调整图层属性。选择[_MG_0027.jpg]层。单击箭头展开属性，在展开的Transform菜单中设置参数Position（位置）、Scale（比例）。如图2.3.5.–019所示。

图 2.3.5–019

（4）为[4ji.jpg]层添加滤镜。选中[4ji.jpg]层，选择Effect>ColorCorrection>Levels（效果>颜色修正>色阶）。

步骤2：

（1）设置Levels滤镜参数。在Effect Controls：4ji.jpg（效果参数：4ji.jpg）菜单中设置Levels参数。Input Black（输入黑色）、Input White（输入白色），调整输入节点位置去除多余色阶范围，通过调整输入节点的范围可以修正图片偏灰的色彩感。如图2.3.5-020所示。

图 2.3.5-020

（2）在Effect Controls：4ji.jpg（效果参数：4ji.jpg）菜单中设置Levels参数。选择Red（红色）通道，设置Input White（输入白色），调整通道输入节点位置并调整细节范围。如图2.3.5-021所示。

图 2.3.5-021

（3）在Effect Controls：4ji.jpg（效果参数：4ji.jpg）菜单中设置Levels参数。选择Green（绿色）通道，设置Input Black（输出黑色）、Input White（输入白色），调整通道输入节点位置并调整细节范围。如图2.3.5-022所示

图 2.3.5-022

（4）在Effect Controls：4ji.jpg（效果参数：4ji.jpg）菜单中设置Levels参数。选择Blue（蓝色）通道，Input White（输入白色），调整通道输入节点位置调整细节范围。如图2.3.5-023所示。

图 2.3.5-023

（5）为[4ji.jpg]层添加滤镜。选中[4ji.jpg]层，选择Effect>ColorCorrection>Curves（效果>颜色修正>曲线）。

（6）设置Curves滤镜参数。在Effect Controls4ji.jpg（效果参数：4ji.jpg）菜单中设置Curves参数。选择Red（红色）通道，调整曲线弯曲，秋天以褐色橄榄绿为主，调整红色通道明暗对比度。如图2.3.5-024所示。

图 2.3.5-024

（7）在Effect Controls4ji.jpg（效果参数：4ji.jpg）菜单中设置Curves参数。选择Green（绿色）通道，调整曲线弯曲，降低绿色通道色彩，观察图象直到整体绿色被压下去，显露出褐色和橄榄绿。如图2.3.5-025所示。

图 2.3.5-025

（8）在Effect Controls4ji.jpg（效果参数：4ji.jpg）菜单中设置Curves参数。选择Blue（蓝色）通道，调整曲线弯曲，调整蓝色通道曲线，微调场景中色彩。如图2.3.5–026所示。

图 2.3.5–026

（9）为[4ji.jpg]层添加滤镜。选中[4ji.jpg]层，选择Effect>ColorCrrection>Hue/Saturation（效果>颜色修正>色相/饱和度）。

（10）设置Hue/Saturation滤镜参数。在Effect Controls：4ji.jpg（效果参数：4ji.jpg ）菜单中设置Hue/Saturation参数。在Channel Control（通道范围）选择Reds（红色）范围，Channel Range（通道变化）、Master Hue（控制色相）、Master Saturation（控制饱和度）、Master Lightness（控制亮度），观察场景中色彩范围，调整色相饱和度的通道范围。在调整通道范围时需要注意，不要选中绿色范围，调整色相改变色彩，这里需要注意变化不宜过大，否则色彩边缘会出现硬边。调整饱和度，但注意饱和度过低会使整体变得过灰，适量调整即可。如图2.3.5–027所示。

图 2.3.5–027

（11）在Effect Controls：4ji.jpg（效果参数：4ji.jpg ）菜单中设置Hue/Saturation参数。在Channel Control（通道范围）选择Cyans（青色）范围，Channel Range（通道变化）、Master Hue（控制色相），再次调整通道范围，选择绿色部分，这样调整可以使场景中更有层次感，调整色相使场景中绿色变成橄榄绿。如图2.3.5–028所示。

图 2.3.5-028

（12）在Effect Controls：4ji.jpg（效果参数：4ji.jpg ）菜单中设置Hue/Saturation参数。在Channel Control（通道范围）选择Blues（蓝色）范围，Channel Range（通道变化），调整通道范围选中红色范围，调整细节的层次感。如图2.3.5-029所示。

图 2.3.5-029

步骤3：

（1）为[4ji.jpg]层添加滤镜。选中[4ji.jpg]层，选择Effect>ColorCorrection>Levels（效果>颜色修正>色阶）。

（2）设置Levels滤镜参数。在Effect Controls：4ji.jpg（效果参数：4ji.jpg）菜单中设置Levels参数，Input White（输入白色），调整色阶修正场景中过暗部分。如图2.3.5-030所示。

图 2.3.5-30

（3）为[4ji.jpg]层添加滤镜。选中[4ji.jpg]层，选择Effect>ColorCorrection>Curves（效果>颜色修正>曲线）。

（4）设置Curves滤镜参数。在Effect Controls 4ji.jpg（效果参数：4ji.jpg）菜单中设置Curves参数。选择Red（红色）通道，调整曲线弯曲，细微调整场景中明暗部的对比。如图2.3.5-031所示。

图 2.3.5-031

（5）在Effect Controls 4ji.jpg（效果参数：4ji.jpg）菜单中设置Curves参数。选择Green（绿色）通道，调整曲线弯曲，降低绿色通道让场景充满秋色。如图2.3.5-032所示。

图 2.3.5-032

4. 冬

冬天的颜色应该是银白色，但会使图像过于单调，所以要加入适当的橄榄绿。色调应以黑白灰为主。首先复制图层，用色相饱和度滤镜对图像局部校色，使绿色区域变成银白色。再用曲线滤镜修正图像亮度，对另一层用色相饱和度滤镜降低饱和度。用混合模式使两层颜色混合在一起，就形成了白色的雪压在绿色的植物上。

步骤1:

（1）建立新的合成层。选择Composition.>NewComposition（合成>新合成层）菜单命令，或者使用快捷键：Ctrl+N。在弹出的合成层设置对话框中设置合成层参数。在Basic（基本）选项卡中分别设置Preset（预设）、Width（宽度）、Height（高度）、Pixel Aspect Ratio（像素纵横比）、Frame Rate（帧频）。如图2.3.5-033所示。

（2）将素材图片拖动到合成层中。选择Project（素材）菜单，将导入的素材图片拖动到合成层中。如图2.3.5-034所示。

图 2.3.5-033

图 2.3.5-034

（3）调整图层属性。选择[_MG_0027.jpg]层，单击箭头展开属性，在展开的Transform菜单中设置参数Position（位置）、Scale（比例）。如图2.3.5-035所示。

图 2.3.5-035

（4）复制图层。选中[4ji.jpg]层，选择Edit> Duplicate（编辑>复制）菜单命令，或者使用快捷键：Ctrl+D。

（5）为第1层[4ji.jpg]层添加滤镜。选中第1层[4ji.jpg]层，选择Effect>ColorCorrection>Hue/Saturation（效果>颜色修正>色相/饱和度）命令。

（6）设置Hue/Saturation滤镜参数。在Effect Controls：4ji.jpg（效果参数：4ji.jpg ）菜单中设置Hue/Saturation参数。在Channel Control（通道范围）选择Reds（红色）范围，Channel Range（通道变化）、Master Hue（控制色相）、Master Lightness（控制亮度），调整通道范围，选中场景中绿色的范围调整色相再调整明度，在冬天中黑白灰是主色调，所以分别选每个颜色通道范围，再调节明度，就可以得到有层次的雪。如图2.3.5-036所示。

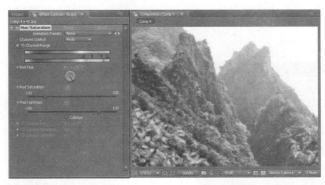

图 2.3.5-036

（7）在Effect Controls：4ji.jpg（效果参数：4ji.jpg ）菜单中设置Hue/Saturation参数。在Channel Control（通道范围）选择Yellows（黄色）范围，Master Lightness（控制亮度），选择黄色通道范围，将明度提高。如图2.3.5-037所示。

图 2.3.5-037

（8）在Effect Controls：4ji.jpg（效果参数：4ji.jpg ）菜单中设置Hue/Saturation参数。在Channel Control（通道范围）选择Green（绿色）范围，Master Lightness（控制亮度），选择绿色通道范围更细的调整颜色范围。如图2.3.5-038所示。

图 2.3.5-038

（9）在Effect Controls：4ji.jpg（效果参数：4ji.jpg ）菜单中设置Hue/Saturation参数。在Channel Control（通道范围）选择Blues（蓝色）范围，Channel Range（通道变化）、Master Saturation（控制饱和度）、Master Lightness（控制亮度），选择红色通道范围，降低饱和度使图像变成灰色 ，再提高明度使图像变成白色。如图2.3.5-039所示。

图 2.3.5-039

（10）为第1层[4ji.jpg]层添加滤镜。选中第1层[4ji.jpg]层，选择Effect>ColorCrrection>Curves（效果>颜色修正>曲线）。

（11）设置Curves滤镜参数。在Effect Controls 4ji.jpg（效果参数：4ji.jpg）菜单中设置Curves参数。调整曲线弯曲，通过调整曲线可以使调出来的雪更洁白。如图2.3.5-040所示。

图 2.3.5-040

步骤2：

（1）为第2层[4ji.jpg]层添加滤镜。选中第2层[4ji.jpg]层，选择Effect>ColorCorrection>Hue/Saturation（效果>颜色修正>色相/饱和度）。

（2）设置Hue/Saturation滤镜参数。在Effect Controls：4ji.jpg（效果参数：4ji.jpg ）菜单中设置Hue/Saturation参数Master Hue（控制色相）、Master Lightness（控制亮度），调整复制层，降低饱和度和明度，让图像变得灰些。如图2.3.5-041所示。

图 2.3.5-041

（3）设置图层混和模式。选择第一层4ji.jpg层，调整图层混和模式，通过混合模式的调整让绿色的山林上压上一层积雪。这一步是为了让场景看起来更有层次感，如果场景中全是灰色调，会让视觉产生疲劳。如图2.3.5-042所示。

图 2.3.5-042

最终效果如图2.3.5-043所示。

图 2.3.5-043

[小结]

　　要完成本案例校色，最重要的就是要适度把握四个季节的基调，掌握其基本特征，细心观察、仔细调整。另外就是在校色调整色相饱和度时注意马太效应，即色阶、曲线、色相饱和度率滤镜掌握。所谓马太效应可以通过事例来说明，比如本实例使用的素材，如果觉得绿色够饱满，使用色相饱和度滤镜，增大图像中绿色部分饱和度，那么会发现图像中绿色区域部分饱和度增加得过快，可这些区域饱和度不需要增加或只需要很少，那些绿色较少的区域，由于绿色较弱，饱和度增加反而不明显。若要使这部分区域达到要求，绿色较多的区域饱和度就变得过大。

思考与练习

　　1. 掌握校色滤镜组合使用以及实际应用。

　　2. 拍摄风景照片制作四季颜色效果。

实训标准

　　熟练掌握校色滤镜组合实际应用，校色时注意保留细节。

思考与练习

　　1. 掌握影片整体校色。

　　2. 掌握影片局部校色。

　　3. 较色滤镜配合应用。

　　4. 用摄像机拍摄一段短片。选择一部影片，以影片色调为准校色。

　　5. 拍摄一段30秒家庭生活录像，分别制作出剥落防光晕层工艺、留银工艺、前闪后闪工艺校色、黑白片校色。

实训标准

　　掌握电影电视校色基本原理和实际应用。校色时注意保留亮部与暗部细节。

第四节 电影特效

一、VPE场景制作

过程演示

图 2.4.1-001

实例是Adobe Photoshop CS4和Adobe After Effects CS4连用VPE功能：Vanishing Point，它利用透视原理可以在匹配图像区域的角度自动进行克隆、喷绘、粘贴元素等操作，大大节约精确设计和照片修饰所需的时间。同时Vanishing Point导出的VPE格式文件可以在Adobe After Effects CS4有效地被使用，提高了Adobe After Effects CS4的三维功能。

制作流程：首先在Adobe Photoshop CS4中为图片添加VPE滤镜，制作透视，输出场景为VPE格式文件。再用Adobe After Effects CS4打开VPE格式文件，调整旋转，添加灯光制作灯光运动路径，添加曝光滤镜，修饰层受光量。

最终效果图如图2.4.1-002所示。

图 2.4.1-002

本章涉及的主要知识点如下：

● Vanishing Point 滤镜

● VPE文件应用

● 曝光滤镜

1.　Adobe Photoshop CS4中VPE素材制作

（1）打开Adobe Photoshop CS4，导入素材图片。

（2）为素材图片添加滤镜。Filted>Vanishing Point（滤镜>消失点）菜单命令，或使用快捷键：Ait+Ctrl+V。

（3）制作VPE素材。

步骤1：

（1）选择创建平面工具。如图2.4.1-003所示。

图 2.4.1-003

（2）在素材图片中绘制平面。按照图像中透视制作出地面透视平面。如图2.4.1-004所示。

（3）使用创建平面工具，拉动地平面左边中心点，创建出新平面。从地面透视平面中拉出其他透视面。如图2.4.1-005所示。

图 2.4.1-004

图 2.4.1-005

（4）使用创建平面工具，拉动地平面右边中心点，创建出新平面，如图2.4.1-006所示。

（5）使用创建平面工具，拉动地平面顶边中心点，创建出新平面。如图2.4.1-007所示。

图 2.4.1-006

图 2.4.1-007

（6）使用创建平面工具，拉动新创建平面顶边中心点，创建出新平面。如果将透视面展开，会发现很像展开的方形纸盒结构，透视面的制作就是按照方形纸盒结构搭建的。如图2.4.1-008所示。

（7）保存VPE格式素材文件。单击工具栏中三角按钮，在弹出菜单中选择Export For After Effects（.vpe）（作为After Effects（.vpe）格式输出），输出到自定义文件夹中。如图2.4.1-009所示。

图 2.4.1-008

图 2.4.1-009

步骤2：

（1）导入素材。打开Adobe After Effects CS4。选择Project（素材）菜单，在空灰色区域单击鼠标右键，在弹出的对话框中选择Import> Vanishing Point（.vpe）（输入>消失点（.vpe）），在弹出对话框中选择刚制作好的VPE格式文件。如图2.4.1-010所示。

（2）打开合成层文件。选择Project（素材）菜单，选择合成层文件，双击打开合成层。如图2.4.1-011所示。

图 2.4.1-010

图 2.4.1-011

（3）调整素材旋转。选中[Parent]层，单击箭头展开图层层属性。在展开的Transform菜单中设置层属性参数，Z Rotation（Z轴旋转），观察视图窗口中场景。设置Z轴旋转，修正图像变正。如图2.4.1.2-003所示

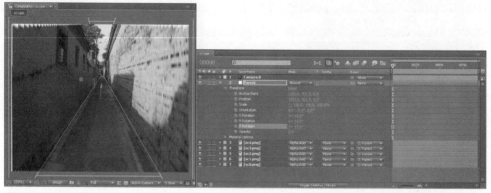

图 2.4.1-012

（4）建立灯光。选择Layer>New>Light（层>新建>灯光）菜单命令，或者使用快捷键：Ctrl+Alt+Shift+L。在弹出的灯光设置对话框中调整灯光参数，Light Type（灯光类型）、Intensity（强度）、Color（颜色）。如图2.4.1-013所示。

图 2.4.1-013

（5）调整灯光位置。在视图视窗中选择双视图显示，左视图为正视图，右视图为顶视图。在视图窗口中拖动灯光设置灯光位置。观察视图窗口，调整灯光位置，使灯光位于图像背景面前。如图2.4.1-014所示。

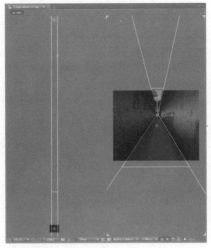

图 2.4.1-014

（6）设置灯光关键帧记录。选中灯光层。单击箭头展开图层属性。将时间轴设置为第0帧。在展开的Transform菜单中设置层属性参数，打开Position（位置）关键帧记录开关。设置灯光位置关键帧动画。如图2.4.1-015所示。

图 2.4.1-015

（7）将时间轴设置为150帧。在视图视窗中调整灯光位置，使灯光移动到图像开口处。如图2.4.1-016所示。

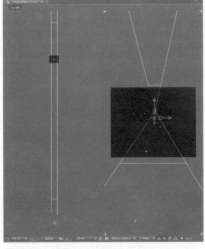

图 2.4.1-016

（8）为[sc1.png]层添加滤镜。选择[sc1.png]层，选择Effect> ColorCrrection> Exposure（效果>颜色修正>曝光）。

（9）设置曲线滤镜。在Effect Controls：sc1.png（效果参数：sc1.png）菜单中设置Exposure参数Gamma Correction（伽马指修正）。制作曝光滤镜，按灯光远近调整Gamma值。如图2.4.1-017所示。

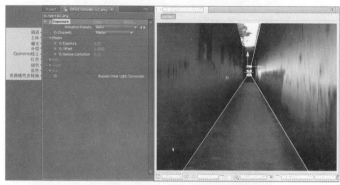

图 2.4.1-017

最终效果图如图2.4.1-018所示。

图 2.4.1-018

[小结]

实例已经制作完毕，回顾一下刚才的制作过程。首先在Adobe Photoshop CS4中制作图像VPE透视。参考纸盒结构，搭建方形透视。将制作好的vpe文件导入到Adobe After Effects CS4中，调整图像角度。添加灯光，制作灯光运动动画。为背景面添加曝光滤镜，制作动画时按灯光距离调整滤镜Gamma值。

需要注意以下几点：

● 在Adobe Photoshop CS4制作VPE时，注意透视关系
● 调整灯光位置
● 灵活设置曝光滤镜关键帧

思考与练习

1. 掌握Photoshop与After Effects的联合使用以及实际应用。
2. 拍摄一张街道照片并制作成三维场景。

实训标准

熟练掌握Photoshop与After Effects的实际应用。制作场景时边角不能太硬。

二、老电影

过程演示

图 2.4.2-001

　　实例是通过使用各个滤镜模仿老黑白片效果。使用分形噪波滤镜制作胶片上的时间痕迹，调整影片为黑白色，再上一层老旧的褐色，使图像更有年代感。

　　老电影效果：以1900左右拍摄电影为样本制作出的效果。由于时间久远，所以影片中会出现划痕和黑点，影片颜色为黑白偏黄，四角模糊有黑角。

　　制作流程：首先导入画框素材，用分形噪波滤镜制作出划痕和黑点效果，修改层混合模式。然后倒入影片，添加色相饱和度滤镜和调色剂滤镜调整影片颜色，复制影片添加模糊和遮罩滤镜。

　　最终效果如图2.4.2-002所示。

图 2.4.2-002

本章涉及的主要知识点如下：

- 形噪波滤
- 混合模式
- 调色剂
- 模糊
- 遮罩

制作划横黑点

步骤1：

（1）打开Adobe After Effects CS4，建立新的合成层。选择Composition.>NewComposition（合成>新合成层）菜单命令，或者使用快捷键：Ctrl+N。在弹出的合成层设置对话框中设置合成层参数。在Basic（基本）选项卡中分别设置Preset（预设）、Width（宽度）、Height（高度）、Pixel Aspect Ratio（像素纵横比）、Frame Rate（帧频）和Duration（时长），如图2.4.2-003所示。

（2）导入素材文件。选择Project（素材）菜单，在空灰色区域单击鼠标右键，在弹出的对话框中选择Import>File（输入>文件），素材文件在素材光盘。

（3）将素材图片拖动到合成层中。选择Project（素材）菜单，将导入的素材图片拖动到合成层中。如图2.4.2-004所示。

图 2.4.2-004

图 2.4.2-003

（4）新建实体层。选择Layer>New>Solid（层>新建>实体层）菜单命令，或者使用快捷键：Ctrl+Y。在弹出的实体层设置对话框中设置实体层参数Name（命名）并单击Make Comp Size（确定层尺寸）按钮。如图2.4.2-005所示。

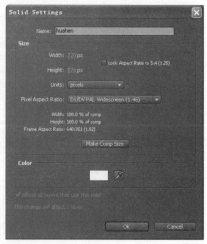

图 2.4.2-005

（5）为[huahen]层添加滤镜。选中[huahen]层，选择Effect>Noise&Grain>Fractal Noise（效果>噪波&颗粒>分形噪波）菜单命令。

（6）设置Fractal Noise滤镜参数。在Effect Controls：huahen（效果参数：huahen）菜单中设置Fractal Noise参数， Contrast（对比度）、Brightness（亮度）、Uniform Scaling（统一比例）、Scale Width（宽度）、Scale Geight（高度）。设置对比度和亮度，使滤镜只产生黑白色线条。设置宽度和高度，使滤镜产生细线条。如图2.4.2-006所示。

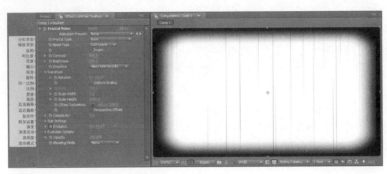

图 2.4.2-006

（7）Fractal Noise关键帧记录，将时间轴设置为第0帧，选择Effect Controls：huahen（效果参数：huahen）菜单中设置Fractal Noise参数。打开Ecolution（演变）关键帧记录。设置演变关键帧，制作动画。如图2.4.2-007所示。

图 2.4.2-007

（8）将时间轴设置为第199帧，选择Effect Controls：huahen（效果参数：huahen）菜单中设置Fractal Noise参数Ecolution（演变）。设置演变关键帧动画。如图2.4.2-008所示。

图 2.4.2-008

步骤2：

（1）新建实体层。选择Layer>New>Solid（层>新建>实体层）菜单命令，或者使用快捷键：Ctrl+Y。在弹出的实体层设置对话框中设置实体层参数Name（命名），并单击Make Comp Size（确定层尺寸）按钮。如图2.4.2-009所示。

（2）为[heidian]层添加滤镜。选中[heidian]层，选择Effect>Noise&Grain>Fractal Noise（效果–噪波&颗粒>分形噪波）菜单命令。

（3）设置Fractal Noise滤镜参数。在Effect Controls：heidian（效果参数：heidian）菜单中设置Fractal Noise参数。Contrast（对比度）、Brightness（亮度）、Uniform Scaling（统一比例）、Scale Width（宽度）、Scale Geight（高度）、Complexity（复杂性）。设置对比度和亮度，使滤镜只产生黑白色线条。设置宽度和高度，使滤镜产生小黑点。设置复杂性，使小黑点产生变化。如图2.4.2-010所示。

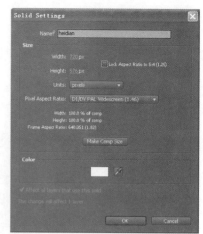

图 2.4.2-009

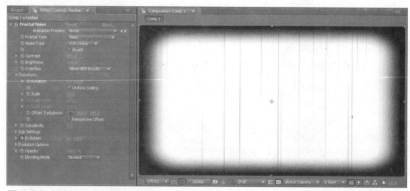

图 2.4.2-010

（4）Fractal Noise关键帧记录。将时间轴设置为第0帧，选择Effect Controls：heidian（效果参数：heidian）菜单中设置Fractal Noise参数。打开Evolution（演变）关键帧记录，设置演变关键帧动画，使黑点产生变化。如图2.4.2-011所示。

图 2.4.2-011

（5）将时间轴设置为第199帧，选择Effect Controls：heidian（效果参数：heidian）菜单中设置Fractal Noise参数Evolution（演变），设置演变关键帧动画。如图2.4.2-012所示。

图 2.4.2-012

（6）设置图层属性。分别设置Layer4/huakuang层、heidian层、huahen层Mode（混合模式）。设置图层混合模式使图层效果叠加到下层图上。如图2.4.2-013所示。

图 2.4.2-013

图 2.4.2-014

步骤3：

（1）导入素材文件。选择Project（素材）菜单，在空灰色区域单击鼠标右键，在弹出的对话框中选择Import>File（输入>文件），素材文件在素材光盘。

（2）将素材图片拖动到合成层中。选择Project（素材）菜单，将导入的素材图片拖动到合成层中。如图2.4.2-014所示。

（3）为[Ian]层添加滤镜。选中[Ian]层，选择Effect>ColorCrrection>Hue/Saturation（效果>颜色修正>色相/饱和度）。

（4）设置Hue/Saturation滤镜参数。在Effect Controls：ggb.avi（效果参数：ggb.avi）菜单中设置Hue/Saturation参数，Master Saturation（控制饱和度）、Master Lightness（控制亮度）。设置色相饱和度，使图像变成黑白灰色。设置亮度，调整图像明暗度。如图2.4.2-015所示。

图 2.4.2-015

（5）为[ggb.avi]层添加滤镜。选中[ggb.avi]层，选择Effect>ColorCrrection>CC Toner（效果>颜色修正>调色剂）。

（6）设置CC Toner滤镜参数。在Effect Controls：ggb.avi（效果参数：ggb.avi）菜单中设置CC Toner参数Blend w.Original（原始色混合度）。设置原始色混合度，使图像添加一层古旧的褐色。如图2.4.2-016所示。

图 2.4.2-016

（7）复制[ggb.avi]层。选中[ggb.avi]层，选择Edit> Duplicate（编辑>复制）菜单命令，或者使用快捷键：Ctrl+D。

（8）为[ggb.avi]层添加滤镜。选中[ggb.avi]层，选择Effect>Blur&Sharpen>Box Blur（效果>模糊&锐化>盒子模糊）。

（9）设置Box Blur滤镜参数。在Effect Controls：ggb.avi（效果参数：ggb.avi）菜单中设置Box Blur参数Blur Radius（模糊半径）。设置模糊度，使图像变模糊，模拟虚焦效果。如图2.4.2-017所示。

图 2.4.2-017

步骤4：

（1）为复制的ggb.avi层添加遮罩，选择圆工具。如图2.4.2-018所示。

图 2.4.2-018

（2）选中复制的ggb.avi层，在视图窗口中拖出椭圆形遮罩。如图2.4.2-019所示。

图 2.4.2-019

（3）设置图层遮罩属性。选中[ggb.avi]层，单击箭头展开ggb.avi层遮罩属性菜单，在展开的Mask 1菜单中设置参数Inverted（反向）、Mask Feather（遮罩羽化）、Mask Opacity（遮罩不透明度）、Mask Expansion（遮罩扩大）。调整遮罩参数，使遮罩反向对画面边缘产生效果。设置遮罩透明度和羽化值，使遮罩产生渐变效果，产生从边缘模糊到图像中间清晰的渐变。设置遮罩扩大，控制遮罩范围。图2.4.2-020所示。

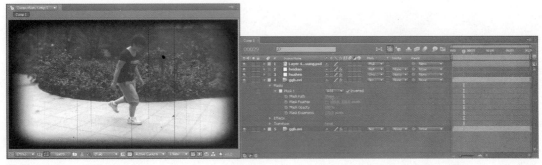

图 2.4.2-020

最终效果如图2.4.2-021所示。

图 2.4.2-021

[小结]

　　实例已经制作完毕，回顾一下刚才的制作过程。首先导入画框素材，模拟老电影黑边效果。然后用分形噪波滤镜制作划痕和黑点效果。调整对比度和亮度控制噪波色阶，调整宽高比例制作出线条和黑点效果，修改层混合模式。接着设置色相饱和度滤镜去除图像颜色，使图像变成黑白色。设置调色剂滤镜，为图像上一层旧旧的褐色。最后复制图层，模糊图层制作出虚焦的效果，利用遮罩制作出边缘模糊的效果。

需要注意以下几点：

- 划痕和黑点制作
- 混合模式设置
- 遮罩属性

思考与练习

　　1. 掌握噪波滤镜和校色滤镜使用以及实际应用。

　　2. 拍摄一段生活录像并制作成老电影效果。

实训标准

　　熟练掌握噪波滤镜和校色滤镜的实际应用。制作效果时注意模仿胶片的颗粒感和划痕。

三、开枪效果
过程演示

图 2.4.3-001

　　在枪战电影拍摄过程中，为了演员的安全只能使用道具枪。所以在后期制作时需要为这些道具枪添加效果，还原出真实的枪战场面。本案例就是使用遮罩制作出手枪枪膛动作，再加上火光效果，制作场景受光面，使道具手枪变成真枪。在学习本章实例时，相互要注意在Adobe Photoshop CS4中抠像要细致，枪膛遮罩绘制要精确，受光面制作要符合环境要求。

制作流程：首先导入视频素材，提取单帧在Adobe Photoshop CS4中编辑，抠出火光图像。然后将制作好的素材导入Adobe After Effects CS4中制作开枪时火光效果。制作枪膛动作。最后用色阶制做火光影响场景局部亮度。然后调整图像颜色。

最终效果如图2.4.3-002所示。

图 2.4.3-002

主要知识点：

● Adobe Photoshop CS4抠像

● 遮罩应用

1. 制作火光素材

步骤1：

（1）打开Adobe After Effects CS4，导入素材文件。选择Project（素材）菜单，在空灰色区域单击鼠标右键，在弹出的对话框中选择Import>File（输入>文件）。素材文件在素材光盘。

（2）将素材图片拖动到合成层中。选择Project（素材）菜单，将导入的素材图片拖动到创建新合成层按钮上。如图2.4.3-003所示。

（3）导入素材文件。选择Project（素材）菜单，在空灰色区域单击鼠标右键，在弹出的对话框中选择Import>File（输入>文件）。素材文件在素材光盘。

（4）将素材图片拖动到合成层中。选择Project（素材）菜单，将导入的素材图片拖动到合成层中。如图2.4.3-004所示。

图 2.4.3-003

图 2.4.3-004

（5）观察视图窗口中视频素材。逐帧观察视图窗口中素材视频，会发现手枪开枪产生的火光只有1帧，将时间轴调整到这1帧上。如图2.4.3-005所示。

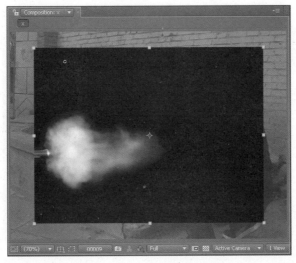

图 2.4.3-005

（6）提取单帧画面。选择Copmposition>Save Frame As>Photoshop Layers（合成设置>储存结构>Photoshop层菜单命令。使选择帧导入到Adobe Photoshop CS4中进行编辑，保存时改名为huoguang。如图2.4.3-006所示。

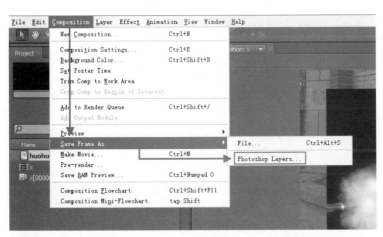

图 2.4.3-006

（7）设置Adobe Photoshop CS4图层。在打开的Adobe Photoshop CS4图层窗口中调整图层，删除不需要图层。如图2.4.3-007所示。

图 2.4.3-007

步骤2：

（1）抠出火光图像。在工具栏中选择套索工具，在画布上按火光大致形状绘制选区。注意选区不能选中手枪部分。如图2.4.3-008所示。

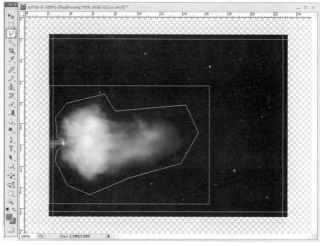

图 2.4.3-008

（2）选择Select>Inverse（选择>反向）菜单命令。或者使用快捷键：Shift+Ctrl+I，使选区反选。按键盘Delete（删除）键，删除选区选中部分。如图2.4.3-009所示。

（3）复制图层。在图层面板中选中素材图层，将图层拖到新建图层按钮上。如图2.4.3-010所示。

图 2.4.3-009

图 2.4.3-010

图 2.4.3-011

（4）选择复制图层，选择Image>Adjustments>Invert（图像>调节>反相）菜单命令，或者使用快捷键：Ctrl+I，使图像颜色反转。如图2.4.3-011所示。

（5）使用色阶调整。选择Image>Adjustments>Levels（图像>调节>色阶）菜单命令，或者使用快捷键：Ctrl+L。如图2.4.3-012所示。

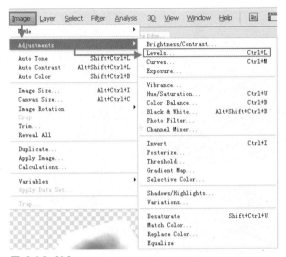

图 2.4.3-012

（6）在弹出对话框中设置图像色阶。调整左边黑色滑块向右滑动，观察图像火光范围内大部分区域变成黑色，边缘部分成绿色。如图2.4.3-013所示。

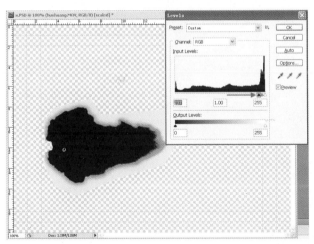

图 2.4.3-013

（7）选择通道面部，按住Ctrl键单击RGB通道前图像部分。建立选区，从通道中建立选区白色部份图像会被区选完全选中，灰色部分按灰度值选取，灰度越接近白色被选取范围越大，越接近黑色选区范围越小，黑色部分不会被选中。如图2.4.3-014所示。

（8）选择图层面板，关闭复制层显示。选择素材层，按两次Delete键删除多余图像。注意在选择图层操作时不要取消选区。如图2.4.3-015所示。

图 2.4.3-014

图 2.4.3-015

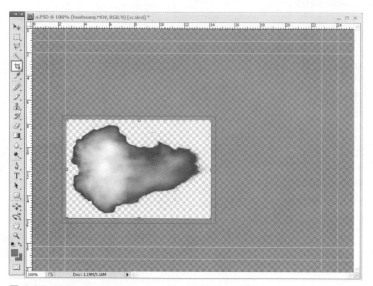

（9）选择工具栏中裁减工具，调整画布尺寸。如图2.4.3-016所示。

（10）选择图层面板，选择复制层。将复制层拖动到删除按钮上，删除复制层，保存图象。如图2.4.3-017所示。

图 2.4.3-016

图 2.4.3-017

图 2.4.3-018

2. 制作开枪效果

步骤3：

（1）返回Adobe After Effects CS4，导入素材文件。选择Project（素材）菜单，在空灰色区域单击鼠标右键，在弹出的对话框中选择Import>File（输入>文件），或使用素材文件在素材光盘。

（2）将素材图片拖动到合成层中。选择Project（素材）菜单，将导入的素材图片拖动到合成层中。如图2.4.3-018所示。

（3）制作开枪时火光效果。观察素材视图，找到演员开枪画面。选择第4帧。选择[huohuang.MOV/huoguang.PSD]层。单击箭头展开效果属性，在展开的Transform菜单中设置参数设置Position（位置）、Scale（比例）。设置位置到枪口处，设置比例，使图像横向翻转180度，缩小图像。设置图层混合模式，使火光融入场景中。如图2.4.3-019所示。

图 2.4.3-019

（4）调整[huohuang.MOV/huoguang.PSD]层时间轴长度，将鼠标移动到[huohuang.MOV/huoguang.PSD]层时间轴左侧，鼠标成左右箭头时，按住鼠标左键向右拖动，使[huohuang.MOV/huoguang.PSD]层时长为一帧，调整时间轴位置。如图2.4.3-020所示。

图 2.4.3-020

（5）制作枪膛动作。复制[shouqiang.mov]层。选中[shouqiang.mov]层，选择Edit> Duplicate（编辑>复制）菜单命令，或者使用快捷键：Ctrl+D，为图层改命为[qiangt]。

（6）设置时间轴为第3帧.选择钢笔工具。在视图窗口中，按手枪枪膛绘制遮罩。如图2.4.3-021所示。

图 2.4.3-021

（7）调整[qiangt]层时长。将鼠标移动到[qiangt]层时间轴左右侧，鼠标成左右箭头时，按住鼠标调整时长，使[qiangt]层时长为一帧。如图2.4.3-022所示。

图 2.4.3-022

（8）在视图窗口调整[qiangt]层位置。在调整枪膛位置的时候，注意要按原图像手枪角度调整位置。如图2.4.3-023所示。

图 2.4.3-023

（9）复制[shouqiang.mov]层。选中[shouqiang.mov]层，选择Edit> Duplicate（编辑>复制）菜单命令，或者使用快捷键：Ctrl+D，为图层改名为zhezhao。

（10）滑动时间轴，选择手枪抬画面。调整时长，将鼠标移动到[zhezhao]层时间轴左右侧，鼠标成左右箭头时，按住鼠标调整时长，使[zhezhao]层时长为一帧。如图2.4.3-024所示。

图 2.4.3-024

（11）调整图层在时间轴上的位置。将鼠标移动到时间轴中间，按住鼠标左键向左拖动时间轴，将时间轴开始帧设置为第3帧。如图2.4.3-025所示。

图 2.4.3-025

（12）调整图层属性。选择[zhezhao]层。单击箭头展开效果属性，在展开的Transform菜单中设置参数opacity（不透明度），方便绘制遮罩。如图2.4.3-026所示。

图 2.4.3-026

（13）选择钢笔工具，绘制遮罩。利用[zhezhao]层图像压住手枪枪头部分，使手枪枪头部分看起来像裸露出来的枪管。如图2.4.3-027所示。

图 2.4.3-027

（14）调整图层属性。选择[zhezhao]层，单击箭头展开效果属性，在展开的Transform菜单中设置参数opacity（不透明度）。如图2.4.3-028所示。

图 2.4.3-028

（15）调整[zhezhao]层属性参数。单击箭头展开遮罩属性菜单，在展开的Mask菜单中设置参数Mask Feather（遮罩羽化），调整边缘消除硬边。如图2.4.3-029所示。

图 2.4.3-029

（16）调整[qiangt]层属性参数。单击箭头展开遮罩属性菜单，在展开的Mask菜单中设置参数Mask Feather（遮罩羽化），调整边缘消除硬边。如图2.4.3-030所示。

图 2.4.3-030

3. 制作火光影响范围

步骤4：

（1）新建效果层。选择Layer>New>Adjustment Layer（层>新建>效果层）菜单。

（2）绘制遮着。选择钢笔工具，将时间轴设置为第6帧。使用钢笔在视图窗口中绘制遮罩。遮罩绘制按图像中物体受光面绘制，如果找不到受光范围，可以用蜡烛等发光物体，模拟图像中环境找到发光范围。如图2.4.3-031所示。

图 2.4.3-031

（3）调整遮罩层。全选中遮罩层，调整[Adjustment Layer 1]层属性参数。单击箭头展开遮罩属性菜单，在展开的Mask菜单中设置参数Mask Feather（遮罩羽化）、Mask Expansion（遮罩扩大），调整边缘消除硬边。如图2.4.3-032所示。

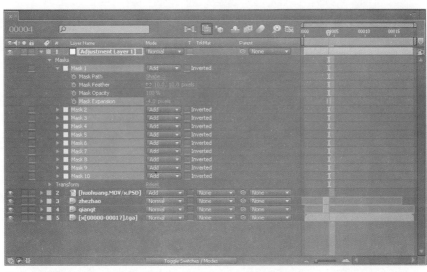

图 2.4.3-032

（4）为[Adjustment Layer 1]效果层添加滤镜。选中[Adjustment Layer 1]层，选择Effect>ColorCorrection>Levels（效果>颜色修正>色阶）命令。

（5）设置Levels滤镜参数。在Effect Controls：Adjustment Layer 1（效果参数：Adjustment Layer 1）菜单中设置Levels参数Input Black（输入黑色）、Input White（输入白色），提高遮罩范围内的亮度。如图2.4.3-033所示。

图 2.4.3-033

（6）选择Red（红色）通道设置Input Black（输入黑色）、Input White（输入白色）、Gamma（伽马）。使遮罩范围内图像偏红色，这样看起来更像火光照出的效果。如图2.4.3-034所示。

图 2.4.3-034

（7）调整Adjustment Layer 1层时长。将鼠标移动到Adjustment Layer 1层时间轴两侧，鼠标成左右箭头时，按住鼠标调整时长为1帧。如图2.4.3-035所示。

图 2.4.3-035

（8）新建效果层。选择Layer>New>Adjustment Layer（层>新建>效果层）菜单。

（9）为Adjustment Layer 2效果层添加滤镜。选中Adjustment Layer 1层，选择Effect>ColorCorrection>Levels（效果>颜色修正>色阶）命令。

（10）设置Levels滤镜参数。在Effect Controls：Adjustment Layer 2（效果参数：Adjustment Layer 2）菜单中设置Levels参数Input Black（输入黑色）、Input White（输入白色），增加图像的对比度。如图2.4.3-036所示。

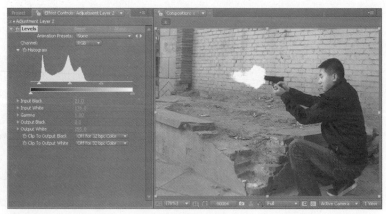

图 2.4.3-036

（11）为Adjustment Layer 2效果层添加滤镜。选中Adjustment Layer 2层，选择Effect>ColorCorrection>Curves（效果>颜色修正>曲线）命令。

（12）设置Levels滤镜参数。在Effect Controls：Adjustment Layer 2（效果参数：Adjustment Layer 2）菜单中设置Curves参数。调整曲线弯曲，增加图层层次感。如图2.4.3-037所示。

图 2.4.3-037

最终效果如图2.4.3-038所示。

图 2.4.3-38

[小结]

实例已经制作完毕，回顾一下刚才的制作过程。首先导入视频素材，选择火光画面。提取单帧图像到Adobe Photoshop CS4中编辑。调整图层，用选区工具删除画面中多余部分。复制图像，用反相使图像颜色反转。设置色阶，调整图像黑白范围。用通道建立选区，删除多余图像。保存素材，导入Adobe After Effects CS4中。调整火光位置和比例。调整火光时长。然后制作枪膛动作。复制素材，使用钢工具绘制出枪膛的轮廓。调整时长，调整位置，复制素材，调整时长。用钢笔工具绘制遮罩，调整遮罩羽化。最后制作火光影响，建立效果层。用钢笔工具绘制遮罩。用色阶滤镜，提亮遮罩内图像亮度。再调整图像颜色。

需要注意以下几点：Adobe Photoshop CS4抠像，遮罩应用以及效果的真实性。

思考与练习

1. 掌握遮罩动画以及实际应用。

2. 拍摄人物开枪并制作开枪效果。

实训标准

熟练掌握遮罩动画的实际应用。制作时注意枪膛运动和火光对周围环境的照亮。

四、受伤效果
过程演示

图 2.4.4-001

　　在枪战电影拍摄过程中，拍摄受伤镜头时通常会使用血浆，用遥控炸药使血浆喷出，或像本实例一样，使用后期技术制作出受伤喷出的血点。本案例使用遮罩工具制作出血液溅射的效果，又用遮罩压制作出血点在人物身后的效果。在学习本章实例时，遮罩的绘制需要非常精细。

　　制作流程：首先导入视频素材，使用素材图片制作出人物前面出血效果。导入素材，制作人物后面血点效果，使用跟踪使血点素材跟随背景运动。制作人物轮廓遮罩，遮住血点，使血点看起来像是在人物后面。然后进行整体校色。

　　最终效果如图2.4.4-002所示。

图 2.4.4-002

主要知识点：

● 遮罩应用

1. 制作血痕

步骤1：

（1）打开Adobe After Effects CS4，导入素材文件。选择Project（素材）菜单，在空灰色区域单击鼠标右键，在弹出的对话框中选择Import>File（输入>文件），素材文件在素材光盘。

（2）将素材图片拖动到合成层中。选择Project（素材）菜单，将导入的素材图片拖动到创建新合成层按钮上。如图2.4.4-003所示。

（3）导入素材文件。选择Project（素材）菜单，在空灰色区域单击鼠标右键，在弹出的对话框中选择Import>File（输入>文件），素材文件在素材光盘。

（4）将素材图片拖动到合成层中。选择Project（素材）菜单，将导入的素材图片拖动到合成层中。如图2.4.4-004所示。

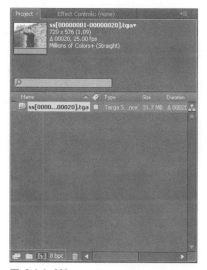

图 2.4.4-003

图 2.4.4-004

（5）设置[Layer1]层属性。选择第5帧。选择[Layer1]层。单击箭头展开效果属性，在展开的Transform菜单中设置参数Position（位置）、Scale（比例），设置位置到右上臂处，调整图像比例。如图2.4.4-005所示。

图 2.4.4-005

（6）设置图层混合模式，使图像融合到场景中。如图2.4.4-006所示。

图 2.4.4-006

步骤2：

（1）制作出血动画。选择矩形工具，在视图中绘制矩形遮罩。遮罩尺寸按[xueheng]层图像尺寸设置。如图2.4.4-007所示。

图 2.4.4-007

（2）将时间轴设置为第5帧。单击箭头展开遮罩属性菜单，在展开的Mask菜单中设置参数。打开Mask Path（遮罩路径）关键帧开关，制作遮罩动画。如图2.4.4-008所示。

图 2.4.4-008

（3）将时间轴设置为第7帧，在展开的Mask菜单中设置参数。在视图窗口调整遮罩位置，使矩形遮罩从左至右运动。如图2.4.4-009所示。

图 2.4.4-009

步骤3:

（1）导入素材文件。选择Project（素材）菜单，在空灰色区域单击鼠标右键，在弹出的对话框中选择Import>File（输入>文件），素材文件在素材光盘。

（2）将素材图片拖动到合成层中。选择Project（素材）菜单，将导入的素材图片拖动到合成层中。如图2.4.4-010所示。

图 2.4.4-010

（3）[选择Layer0]层。单击箭头展开效果属性，在展开的Transform菜单中设置参数。设置Position（位置）、Scale（比例）、Rotation（旋转）。设置位置到右肩处。设置比例，调整图像尺寸。设置旋转，调整图像角度。如图2.4.1-011所示。

图 2.4.1-011

（4）为[Layer 0]效果层添加滤镜。选中[Layer 0]层，选择Effect>ColorCorrection>Levels（效果>颜色修正>色阶）命令。

（5）设置Levels滤镜参数。在Effect Controls：Layer 0（效果参数：Layer 0）菜单中设置Levels参数。选择红色通道设置Input White（输入白色）、Gamma（伽马）、Output Black（输出黑色）。调整素材颜色，使素材看起来更像新鲜血液。如图2.4.4-012所示。

图 2.4.4-012

（6）设置图层混合模式，使图像融合到场景中。如图2.4.1-013所示。

图 2.4.4-013

（7）制作跟踪。新建虚拟层，选择Layer>New>Null Layer（层>新建>虚拟层）菜单命令。打开跟踪面板，选中[ss[00000001-00000020].tga]层，选择Track Motion（跟踪），打开Scale（比例）开关，设置Edit Target（目标），在视图窗口调整跟踪点的位置，单击开始跟踪按钮。观察跟踪路径是否正确，跟踪路径出现偏移时重新设跟踪点跟踪，跟踪路径正确时单击Apply（应用）。如图2.4.4-014所示。

图 2.4.4-014

（8）设置Later0层父子关系。设置Later0层到虚拟层Parent（父子）参数。关闭虚拟层显示。使Latrr0层跟随背景图像运动。如图2.4.4-015所示。

图 2.4.4-015

步骤4：

（1）制作血点扩散动画选择圆形工具，在视图窗口以图像中心为圆形绘制圆形遮罩。如图2.4.4-016所示。

图 2.4.4-016

（2）设置遮罩动画。将时间轴设置为第4帧。单击箭头展开遮罩属性菜单，在展开的Mask菜单中设置参数。打开Mask Expansion（遮罩扩充）关键帧开关，设置Mask Feather（遮罩羽化），制作遮罩动画。如图2.4.4-017所示。

图 2.4.4-017

（3）将时间轴设置为第8帧。在展开的Mask菜单中设置参数。Mask Expansion（遮罩扩充）。使圆形遮罩从小到大运动。如图2.4.4-018所示。

图 2.4.4-018

图 2.4.4-019

步骤5：

（1）复制ss[00000001-00000020].tga层。选中ss[00000001-00000020].tga层，选择Edit> Duplicate（编辑>复制）菜单命令，或者使用快捷键：Ctrl+D。为图层改名为zhezhao。

（2）制作人物遮罩。选择钢笔工具，在视图窗口中按人物轮廓绘制遮罩。绘制遮罩时注意人物和血点交接处要细致。如图2.4.4-019所示。

（3）设置遮罩关键帧。调整zhezhao层属性参数。将时间轴设置为第5帧。单击箭头展开遮罩属性菜单，在展开的Mask菜单中设置参数Mask Feather（遮罩羽化）。调整边缘消除硬边。录遮罩关键帧按照没8帧记录一次位置的方法设置第一遍关键帧，8帧是人眼睛所能看到运动连续的极限，所以在制作抠像时都会选择使用每8帧记录一次关键帧，再观察每8帧中间的第5帧，然后是第3和第7帧，最后是第2、第4和第6帧的顺序，依次调整关键帧中遮罩的节点的位置。这也是在长期制作过程中的经验总结。如图2.4.4-020所示。

图 2.4.4-020

（4）将时间轴设置为第13帧。在视图窗口调整遮罩节点位置。如图2.4.4-021所示。

（5）将时间轴设置为第19帧。在视图窗口调整遮罩节点位置。如图2.4.4-022所示。

图 2.4.4-021

图 2.4.4-022

（6）将时间轴设置为第9帧。在视图窗口调整遮罩节点位置。如图2.4.4-023所示。

（7）将时间轴设置为第7帧。在视图窗口调整遮罩节点位置，用此方法调整其他帧节点。如图2.4.4-024所示。

图 2.4.4-023

图 2.4.4-024

（8）设置蒙板。选择L0层，修改TrkMat蒙板类型，使血点不在遮罩范围内显示。这样设置可以避免盖住前景中的其他效果。如图2.4.4-025所示。

图 2.4.4-025

步骤6：

（1）新建效果层。选择Layer>New>Adjustment Layer（层>新建>效果层）菜单。

（2）为Adjustment Layer 1效果层添加滤镜。选中Adjustment Layer 1层，选择Effect>ColorCorrection>Levels（效果>颜色修正>色阶）命令。

（3）设置Levels滤镜参数。在Effect Controls：Adjustment Layer 1（效果参数：Adjustment Layer 1）菜单中设置Levels参数Input Black（输入黑色），增加图像的对比度。如图2.4.4-026所示。

图 2.4.4-026

（4）为Adjustment Layer 1效果层添加滤镜。选中Adjustment Layer 1层，选择Effect>ColorCorrection>Curves（效果>颜色修正>曲线）命令。

（5）设置Levels滤镜参数。在Effect Controls：Adjustment Layer 1（效果参数：Adjustment Layer 1）菜单中设置Curves参数。调整曲线弯曲，增加图层层次感。如图2.4.4-027所示。

图 2.4.4-027

最终效果如图2.4.4-028所示。

图 2.4.4-028

[小结]

实例已经制作完毕，回顾一下刚才的制作过程。首先导入视频素材，调整图层属性。使用遮罩工具制作矩形遮罩，调整遮罩属性。然后制作遮罩动画。导入血点素材，调整图层属性。制作跟踪，使血点跟随背景运动。接着使用遮罩工具制作圆形遮罩，调整遮罩属性，制作遮罩动画。复制影片，使用钢笔工具按照人物轮廓绘制遮罩。调整遮罩属性，制作遮罩动画。最后制作蒙板，整体校色。

需要注意以：遮罩层的制作

思考与练习

1.掌握遮罩动画以及实际应用。

2.拍摄人物受伤并制作受伤效果。

实训标准

熟练掌握遮罩动画实际应用。制作时注意遮罩边缘和血点喷溅扩散效果。

思考与练习

1. 掌握基本合成概念。

2. 掌握影片特效合成的实际应用。

3. 掌握跟踪、抠像、特效滤镜应用。

4. 熟练使用软件各项功能。

5. 掌握各软件之间的应用。

6. 使用照相机拍摄场景图片与摄像机拍摄人物合成。

7. 模仿电影片段制作合成。

实训标准

制作影片特效，熟练应用抠像、跟踪和合成。制作出的特效需要与拍摄的真实场景相互融合。

第三章　附录

一、After Effects软件快捷键

项目窗口
- 新项目—[Ctrl+Alt+N]
- 打开项目—[Ctrl+O]
- 打开项目时只打开项目窗口—按住[Shift]键
- 打开上次打开的项目—[Ctrl+Alt+Shift+P]
- 保存项目—[Ctrl+ S]
- 选择上一子项—上箭头
- 选择下一子项—下箭头
- 打开选择的素材项或合成图像—双击
- 在AE素材窗口中打开影片—[Alt]+双击
- 激活最近激活的合成图像—[N]
- 软件界面最大化—[Ctrl+/]
- 显示所选的合成图像的设置—[Ctrl+ K]
- 增加所选的合成图像的渲染队列窗口—[Ctrl+Shift+/]
- 引入一个素材文件—[Ctrl+i]
- 引入多个素材文件—[Ctrl+Alt+i]
- 替换选择层的源素材或合成图像—[Alt]+从项目窗口拖动素材项到合成图像
- 替换素材文件—[Ctrl+H]
- 设置解释素材选项—[Ctrl+Alt+G]
- 重新调入素材—[Ctrl+Alt+L]
- 新建文件夹—[Ctrl+Alt+Shift+N]
- 设置代理文件—[Ctrl+Alt+P]
- 退出—[Ctrl+Q]

合成图像、层和素材窗口
- 显示/隐藏标题安全区域和动作安全区域—[']
- 显示/隐藏网格—[Ctrl+']
- 显示/隐藏对称网格—[Alt+']
- 暂停修改窗口—大写键
- 快照（多至4个）—[Shift+F5]，[F6]，[F7]，[F8]
- 显示快照—[F5]，[F6]，[F7]，[F8]
- 清除快照—[Ctrl+ Shift +F5]，[F6]，[F7]，[F8]
- 显示通道（RGBA）—[Alt+1]，[2]，[3]，[4]
- 带颜色显示通道（RGBA）—[Alt+Shift+1]，[2]，[3]，[4]
- 带颜色显示遮罩通道—[Alt]+单击ALPHA通道图标

显示窗口和面板
- 项目窗口—[Ctrl+0]
- 项目流程视图—[F11]
- 渲染队列窗口—[Ctrl+Alt+0]
- 工具箱—[Ctrl+1]
- 信息面板—[Ctrl+2]
- 时间控制面板—[Ctrl+3]
- 音频面板—[Ctrl+ 4]
- General偏好设置—[Ctrl+Alt+;]
- 新合成图像—[Ctrl+N]
- 关闭激活的标签/窗口—[Ctrl+W]
- 关闭激活窗口（所有标签）—[Ctrl+Shift+W]

时间布局窗口中的移动
- 到前一可见关键帧—[J]
- 到后一可见关键帧—[K]

合成图像、时间布局、素材和层窗口中的移动
- 到开始处—[Ctrl+Alt+←]
- 到结束处—[Ctrl+ Alt+→]
- 向前一帧—[Page Down]
- 向前十帧—[Shift+ Page Down]
- 向后一帧—[Page Up]
- 向后十帧—[Shift+ Page Up]
- 到层的入点—[i]
- 到层的出点—[o]
- 逼近子项到关键帧、时间标记、入点和出点—[Shift]+拖动子项
- 开始/停止播放—[空格]
- 从当前时间点预视音频—[。]（数字键盘）
- RAM预视—[0]（数字键盘）
- 每隔一帧的RAM预视—[Shift+ 0]（数字键盘）
- 保存RAM预视—[Ctrl+ 0]（数字键盘）
- 快速视频—[Alt]+拖动当前时间标记
- 快速音频—[Ctrl]+拖动当前时间标记
- 线框预视—[Alt+0]（数字键盘）
- 线框预视时用矩形替代alpha轮廓—[Ctrl+Alt+0]（数字键盘）
- 线框预视时保留窗口内容—[Shift+ Alt+ 0]（数字键盘）

- 矩形预视时保留窗口内容—[Ctrl+[hift+Alt+0]（数字键盘）

如未选择层，命令针对所有层

- 合成图像、层和素材窗口中的编辑
- 拷贝—[Ctrl+C]
- 复制—[Ctrl+D]
- 剪切—[Ctrl+X]
- 粘贴—[Ctrl+V]
- 撤消—[Ctrl+Z]
- 重做—[Ctrl+Shift+Z]
- 选择全部—[Ctrl+A]
- 取消全部选择—[Ctrl+Shift+A]或[F2]
- 层、合成图像、文件夹、效果更名—[Enter]（数字键盘）
- 原应用程序中编辑子项（仅限素材窗口）—[Ctrl+ E]

合成图像和时间布局窗口中的层操作

- 放在最前面—[Ctrl+ Shift+]]
- 向前提一级—[Ctrl +]]
- 向后放一级—[Ctrl + []
- 放在最后面—[Ctrl+Shift+ []
- 选择下一层—[Ctrl+ ↓]
- 选择上一层—[Ctrl+ ↑]
- 通过层号选择层—[1—9]（数字键盘）
- 取消所有层选择—[Ctrl+Shift+A]
- 锁定所选层—[Ctrl+L]
- 释放所有层的选定—[Ctrl+Shift+L]
- 分裂所选层—[Ctrl+Shift+D]
- 在层窗口中显示选择的层—[Enter]（数字键盘）
- 显示隐藏视频—[Ctrl+Shift+Alt+V]
- 隐藏其他视频—[Ctrl+Shift+V]
- 显示选择层的效果控制窗口—[Ctrl+Shift+T]或[F3]
- 打开源层—[Alt]+双击层
- 在合成图像窗口中逼近层到框架边和中心—[Alt+ Shift]+拖动层
- 层的反向播放—[Ctrl+Alt+R]
- 设置入点—[[]
- 设置出点—[]]
- 剪辑层的入点—[Alt+ []
- 剪辑层的出点—[Alt+]]

- 创建新的固态层—[Ctrl+Y]
- 显示固态层设置—[Ctrl+Shift+Y]
- 嵌套层—[Ctrl+ Shift+ C]
- 通过时间延伸设置入点—[Ctrl+Shift+，]
- 通过时间延伸设置出点—[Ctrl+Alt+，]
- 约束旋转的增量为45度—[Shift]+拖动旋转工具
- 约束沿X轴或Y轴移动—[Shift]+拖动层
- 复位旋转角度为0度—双击旋转工具
- 复位缩放率为100%—双击缩放工具
- 合成图像、层和素材窗口中的空间缩放
- 放大—[。]
- 缩小—[，]
- 缩放至100%并变化窗口—[Alt]+主键盘上的[/]

时间布局窗口中的时间缩放

- 缩放到帧视图—[;]
- 放大时间—主键盘上的[=]
- 缩小时间—主键盘上的[—]
- 时间布局窗口中查看层属性
- 定位点—[A]
- 音频级别—[L]
- 音频波形—双击[L]
- 效果—[E]
- 遮罩羽化—[F]
- 遮罩形状—[M]
- 遮罩不透明度—双击[T]
- 不透明度—[T]
- 位置—[P]
- 旋转—[R]
- 缩放—[S]
- 显示所有动画值—[U]
- 隐藏属性—[Alt+Shift]+单击属性名
- 增加/删除属性—[Shift]+单击属性名

时间布局窗口中工作区的设置

- 设置当前时间标记为工作区开始—[B]
- 设置当前时间标记为工作区结束—[N]
- 设置工作区为选择的层—[Ctrl+ Alt+ B]
- 未选择层时，设置工作区为合成图像长度—[Ctrl+Alt+B]

时间布局窗口中修改关键帧

- 设置关键帧速度—[Ctrl+Shift+K]

- 设置关键帧插值法—[Ctrl+Alt+K]
- 增加或删除关键帧（计时器开启时）或开启时间变化计时器—[Alt+Shift]+属性快捷键

合成图像和时间布局窗口中层的精确操作:

- 以指定方向移动层一个像素—箭头
- 旋转层1度—[+]（数字键盘）
- 旋转层–1度—[–]（数字键盘）
- 放大层1%—[Ctrl+ +]（数字键盘）
- 缩小层1%—[Ctrl+–]（数字键盘）
- 移动、旋转和缩放变化量为10—[Shift]+快捷键

层的精调是按当前缩放率下的像素计算，而不是实际像素。

合成图像窗口中合成图像的操作:

- 显示/隐藏参考线—[Ctrl+;]
- 显示/隐藏标尺—[Ctrl+ R]
- 改变背景颜色—[Ctrl+Shift+B]
- 设置合成图像解析度为Full—[Ctrl+ J]
- 设置合成图像解析度为Half—[Ctrl+Shift+J]
- 设置合成图像解析度为Quarter—[Ctrl+Alt+Shift+J]

层窗口中遮罩的操作:

- 椭圆遮罩置为整个窗口—双击椭圆工具
- 矩形遮罩置为整个窗口—双击矩形工具
- 在自由变换模式下围绕中心点缩放—[Ctrl]+拖动
- 选择遮罩上的所有点—[Alt]+单击遮罩

自由变换遮罩—双击遮罩

- 推出自由变换遮罩模式—[Enter]

合成图像和实际布局窗口中的遮罩操作:

- 定义遮罩形状—[Ctrl+Shift+M]
- 定义遮罩羽化—[Ctrl+Shift+F]
- 设置遮罩反向—[Ctrl+Shift+I]
- 新遮罩—[Ctrl+Shift+N]

效果控制窗口中的操作:

- 选择上一个效果—[↑]
- 选择下一个效果—[↓]
- 扩展/卷收效果控制—[`]
- 清除层上的所有效果—[Ctrl+Shift+E]
- 应用上一个喜爱的效果—[Ctrl+Alt+Shift+F]
- 应用上一个效果—[Ctrl+Alt+Shift+E]

合成图像和实际布局窗口中使用遮罩

- 设置层时间标记—[*]（数字键盘）
- 清楚层时间标记—[Ctrl]+单击标记

渲染队列窗口

- 制作影片—[Ctrl+M]
- 激活最近激活的合成图像—[N]
- 增加激活的合成图像到渲染队列窗口—[Ctrl+Shift+/]
- 在队列中不带输出名复制子项—[Ctrl+D]
- 保存帧—[Ctrl+Alt+S]
- 打开渲染对列窗口—[Ctrl+Alt+O]

工具箱操作

- 选择工具—[V]
- 旋转工具—[W]
- 矩形工具—[C]
- 椭圆工具—[Q]
- 笔工具—[G]
- 后移动工具—[Y]
- 手工具—[H]
- 缩放工具—[Z]（使用Alt缩小）
- 从选择工具转换为笔工具—按住[Ctrl]
- 从笔工具转换为选择工具—按住[Ctrl]

二、After Effects中层与层之间混合模式介绍

混合模式包括如下内容：

使用两组图片向大家演示一下混合模式产生的效果。第一组是由黑到白的渐变和50％的灰两张图片组合。第二组是由两张色调不一样的照片组成。如图3.2-001、3.2-002所示。

图 3.2-001

图 3.2-002

Normal（正常模式）：这种模式就是上一层图像覆盖下一层的图像，在这种混合模式下影响混合效果的只有层的不透明度属性。如图3.2-003所示。

图 3.2-003

Dissolve（溶解模式）：控制层与层之间的融合显示。如图3.2-004所示。

图 3.2-004

Dancing Dissolve（动态溶解模式）：与Dissolve（溶解模式）相同，对融合区域随机动画。如图3.2-005所示。

图 3.2-005

Add（加模式）：将底色与层颜色相加，使颜色更明亮。如图3.2-006所示。

图 3.2-006

Multiply（正片叠底模式）：上下两层的颜色相乘，呈现较暗的效果，与黑色相乘为黑色，与白色相乘保持原色。如图3.2-007所示。

图 3.2-007

Screen（屏幕模式）：跟上一种恰好相反，呈现出的是较亮的效果，与黑色相乘得原色，与白色相乘会加亮。如图3.2-008所示。

图 3.2-008

Overlay（叠加模式）：Multiply与Screen只取决于上层颜色，Overlay上下层颜色互相混合运算，下层颜色也被考虑在内。如图3.2-009所示。

图 3.2-009

Soft Light（柔光模式）：上层颜色与下层色彩混合，若上层色彩是超过50％的灰色会使下层变暗，低于50％的灰色可使下层变亮。如图3.2-010所示。

图 3.2-010

Hard Light（强光模式）：Soft Light混色模式的加强版，若上层色彩是超过50％的灰色，则会使下层图像以Multiply混合模式变暗，低于50％的灰色可使下层以Screen混合模式变亮。如图3.2-011所示。

图 3.2-011

Vivid Light（鲜明灯光模式）：根据底色的加深或减淡来增加或减弱层颜色对比度。如图3.2-012所示。

图 3.2-012

Pin Light（牵制灯光模式）：根据底色替换层颜色。如图3.2-013所示。

图 3.2-013

Color Dodge（加亮色彩模式）：下层图像将根据上层图像色的灰阶程度来提高亮度后再与上层图像相融合，上层图像越接近白色下层图像就越亮。如图3.2-014所示。

图 3.2-014

Color Bum（颜色加深模式）：与上一种相反，下层图像将根据上层图像色的灰阶程度，变暗后再与上层图像相融合，会使物体亮度降低。如图3.2-015所示。

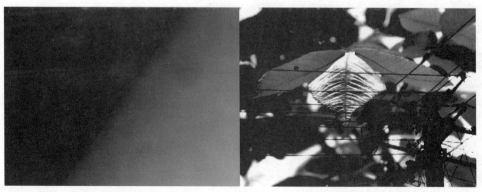

图 3.2-015

Darken（变暗模式）：以上层图像颜色做基准，如果下层色彩比上层暗的会被保留，比上层色彩亮的将被上层色彩取代。如图3.2-016所示。

图 3.2-016

Lighten（变亮模式）：混色模式的结果与Darken相反，同样以上层图像色作基准，如果下层色彩比上层亮的会被保留，比上层色彩暗的将被上层色彩取代。如图3.2-017所示。

图 3.2-017

Difference（差值模式）：上下层图像相比较，亮的图像会减掉暗的部分图像。如图3.2-018所示。

图 3.2-018

Exclusion（排除模式）：与Difference相似，不过效果比较温和。如图3.2-019所示。

图 3.2-019

Hue（色相模式）：将上层物件的色相与下层图像的饱和度和明度相混合，以产生新的色彩结果。如图3.2-020所示。

图 3.2-020

Saturation（饱和度模式）：将上层物件的饱和度与下层图像的色相和明度相混合，以产生新的色彩结果。如图3.2-021所示。

图 3.2-021

Color（颜色模式）：将上层物件的饱和度与色相和下层图像的明度相混合，以产生新的色彩结果。如图3.2-022所示。

图 3.2-022

Luminosity（明度模式）：将上层物件的明度和下层图像的色相和饱和度相混合，以产生新的色彩结果。如图3.2-023所示。

图 3.2-023

采用不同的层混合模式会使叠加的效果千差万别，可以通过多次尝试来选择一种最适合作品的模式。

三、音频格式介绍

CD

当今世界上音质最好的音频格式是什么？当然是CD了。因此要讲音频格式，CD自然是打头阵的先锋。在大多数播放软件的"打开文件类型"中，都可以看到＊.cda格式，这就是CD音轨了。标准CD格式也就是44.1K的采样频率，速率88K/秒，16位量化位数，因为CD音轨可以说是近似无损的，因此它的声音基本上是忠于原声的，你如果是一个音响发烧友的话，CD是你的首选。它会让你感受到天籁之音。CD光盘可以在CD唱机中播放，也能用电脑里的各种播放软件来重放。一个CD音频文件是一个＊.cda文件，这只是一个索引信息，并不是真正的包含声音信息，所以不论CD音乐的长短，在电脑上看到的"＊.cda文件"都是44字节长。注意：不能直接复制CD格式的＊.cda文件到硬盘上播放，需要使用像EAC这样的抓音轨软件把CD格式的文件转换成WAV，如果这个转换过程光盘驱动器质量过关，而且EAC的参数设置得当的话，可以说是基本上无损抓音频。推荐大家使用这种方法。

WAV

是微软公司开发的一种声音文件格式，它符合PIFFResource Interchange File Format文件规范，用于保存WINDOWS平台的音频信息资源，被WINDOWS平台及其应用程序所支持。"*.WAV"格式支持MSADPCM、CCITT A LAW等多种压缩算法，支持多种音频位数、采样频率和声道，标准格式的WAV文件和CD格式一样，也是44.1K的采样频率，速率88K/秒，16位量化位数，WAV格式的声音文件质量和CD相差无几，也是目前PC机上广为流行的声音文件格式，几乎所有的音频编辑软件都"认识"WAV格式。但缺点是体型过于"巨大"。

AIFF与AU

这里顺便提一下由苹果公司开发的AIFF（Audio Interchange File Format）格式和为UNIX系统开发的AU格式，它们都和WAV非常相像，在大多数的音频编辑软件中也都支持它们这几种常见的音乐格式。

MP3：

MP3格式诞生于20世纪80年代的德国，所谓的MP3指的是MPEG标准中的音频部分，也就是MPEG音频层。根据压缩质量和编码处理的不同分为3层，分别对应"*.mp1"、"*.mp2"、"*.mp3"这3种声音文件。需要提醒大家注意的地方是：MPEG音频文件的压缩是一种有损压缩，MPEG3音频编码具有10：1~12：1的高压缩率，同时基本保持低音频部分不失真，但是牺牲了声音文件中12KHz到16KHz高音频这部分的质量来换取文件的尺寸，相同长度的音乐文件，用*.mp3格式来储存，一般只有*.wav文件的1/10，而音质要次于CD格式或WAV格式的声音文件。由于其文件尺寸小，音质好，所以在它问世之初还没有什么别的音频格式可以与之匹敌，因而为*.mp3格式的发展提供了良好的条件。直到现在，这种格式还是风靡一时，作为主流音频格式的地位难以被撼动。但是树大招风，MP3音乐的版权问题也一直找不到办法解决，因为MP3没有版权保护技术，说白了也就是谁都可以用。

MP3格式压缩音乐的采样频率有很多种，可以用64Kbps或更低的采样频率节省空间，也可以用320Kbps的标准达到极高的音质。我们用装有Fraunhofer IIS Mpeg Lyaer3的MP3编码器（现在效果最好的编码器）MusicMatch Jukebox 6.0在128Kbps的频率下编码一首3分钟的歌曲，得到2.82MB的MP3文件。采用缺省的CBR（固定采样频率）技术可以以固定的频率采样一首歌曲，而VBR（可变采样频率）则可以在音乐"忙"的时候加大采样的频率获取更高的音质，不过产生的MP3文件可能在某些播放器上无法播放。我们把VBR的级别设定成与前面的CBR文件的音质基本一样，生成的VBR MP3文件为2.9MB。

MIDI：

经常玩音乐的人应该常听到MIDI（Musical Instrument Digital Interface）这个词，MIDI允许数字合成器和其他设备交换数据，MID文件格式由MIDI继承而来。MID文件并不是一段录制好的声音，而是记录声音的信息，然后告诉声卡如何再现音乐的一组指令。这样一个MIDI文件每存1分钟的音乐只用大约5~10KB。今天，MID文件主要用于原始乐器作品、流行歌曲的业余表演、游戏音轨以及电子贺卡等。*.mid文件重放的效果完全依赖声卡的档次。*.mid格式的最大用处是在电脑作曲领域。*.mid文件可以用作曲软件写出，也可以通过声卡的MIDI口把外接音序器演奏的乐曲输入电脑里，制成*.mid文件。

WMA：

WMA（Windows Media Audio）格式是来自微软的重量级选手，后台强硬，音质要强于MP3格式，更远胜于RA格式，它和日本YAMAHA公司开发的VQF格式一样，是以减少数据流量但保持音质的方法来达到比MP3压缩率更高的目的，WMA的压缩率一般都可以达到1：18左右，WMA的另一个优点是内容提供商可以通过DRM（Digital Rights Management）方案如Windows Media Rights Manager 7加入防拷贝保护。这种内置的版权保护技术可以限制播放时间和播放次数甚至播放的机器等，这对被盗版搅得焦头烂额的音乐公司来说是一个福音，另外WMA还支持音频流（Stream）技术，适合在网络上在线播放，作为微软抢占网络音乐的开路先锋可以说是技术领先、风头强劲，更方便的是不用像MP3那样需要安装额外的播放器，而Windows操作系统和Windows Media Player的无缝捆绑让你只要安装了windows操作系统就可以直接播放WMA音乐，新版本的Windows Media Player7.0更是增加了直接把CD光盘转换为WMA声音格式的功能，在新出品的操作系统Windows XP中，WMA是默认的编码格式，大家知道Netscape的遭遇，现在"狼"又来了。WMA这种格式在录制时可以对音质进行调节。同一格式，音质好的可与CD媲美，压缩率较高的可用于网络广播。虽然现在网络上还不是很流行，但是在微软的大规模推广下已经得到了越来越多站点的承认和大力支持，在网络音乐领域中直逼*.mp3，在网络广播方面，也正在瓜分Real打下的天下。因此，几乎所有的音频格式都感受到了WMA格式的压力。

时下的MP3支持格式最常见的是MP3和WMA。MP3由于是有损压缩，因此讲求采样率，一般是44.1KHZ。另外，还有比特率，即数据流，一般为8~320KBPS。在MP3编码时，还看看它是否支持可变比特率（VBR），现在出的MP3机大部分都支持，这样可以减小有效文件的体积。WMA则是微软力推的一种音频格式，相对来说要比MP3体积更小。

RealAudio：

RealAudio主要适用于在网络上的在线音乐欣赏，现在大多数的用户仍然在使用56Kbps或更低速率的Modem，所以典型的回放并非最好的音质。有的下载站点会提示你根据Modem速率选择最佳的Real文件。现在real的的文件格式主要有这么几种：RA（RealAudio）、RM（RealMedia，RealAudio G2）、RMX（RealAudio Secured），还有更多。这些格式的特点是可以随网络带宽的不同而改变声音的质量，在保证大多数人听到流畅声音的前提下，令带宽较富裕的听众获得较好的音质。

近来随着网络带宽的普遍改善，Real公司正推出用于网络广播的并达到CD音质的格式。如果你的RealPlayer软件不能处理这种格式，它就会提醒你下载一个免费的升级包。

VQF：

VQF是雅马哈公司开发的一种格式，它的核心是减少数据流量但保持音质的方法来达到更高的压缩比，可以说技术上也是很先进的，但是由于宣传不力，这种格式难有用武之地。*.vqf可以用雅马哈的播放器播放。同时雅马哈也提供从*.wav文件转换到*.vqf文件的软件。此文件缺少特点外加缺乏宣传，现在几乎已经宣布死刑了。

OGG：

OGG全称应该是OGG Vobis（ogg Vorbis）是一种新的音频压缩格式，类似于MP3等现有的音乐格式。但有一点不同的是，它是完全免费、开放和没有专利限制的。OGG Vobis有一个很出众的特点，就是支持多声道，随着它的流行，以后用随身听来听DTS编码的多声道作品将不再会是梦想。

Vorbis是这种音频压缩机制的名字，而OGG则是一个计划的名字，该计划意图设计一个完全开放性的多媒体系统。目前该计划只实现了OggVorbis这一部分。

OGG Vorbis文件的扩展名是.OGG。这种文件的设计格式是非常先进的。现在创建的OGG文件可以在未来的任何播放器上播放，因此，这种文件格式可以不断地进行大小和音质的改良，而不影响旧有的编码器或播放器。

OGG格式完全开源，完全免费，是和mp3不相上下的新格式。

AAC：

AAC（高级音频编码技术 Advanced Audio Coding），是杜比实验室为音乐提供的技术，最大能容纳48通道的音轨，采样率达96 KHz。出现于1997年，是基于MPEG-2的音频编码技术。由Fraunhofer IIS、杜比、苹果、AT&T、索尼等公司共同开发，以取代mp3格式。2000年，MPEG-4标准出台，AAC重新整合了其特性，故现又称MPEG-4 AAC，即M4A。

AAC作为一种高压缩比的音频压缩算法，AAC通常压缩比为18：1，也有资料说为20：1，远远超过了AC-3、MP3等较老的音频压缩算法。一般认为，AAC格式在96Kbps码率的表现超过了128Kbps的MP3音频。AAC另一个引人注目的地方就是它的多声道特性，它支持1~48个全音域音轨和15个低频音轨。除此之外，AAC最高支持96KHz的采样率，其解析能力足可以和DVD-Audio的PCM编码相提并论，因此，它得到了DVD论坛的支持，成为了下一代DVD的标准音频编码。

APE：

新一代的无损音频格式。 APE的本质，其实它是一种无损压缩音频格式。庞大的WAV音频文件可以通过Monkey''s Audio这个软件进行"瘦身"压缩为APE。很多时候它被用做网络音频文件传输，因为被压缩后的APE文件容量要比WAV源文件小一半多，可以节约传输所用的时间。更重要的是通过Monkey's Audio解压缩还原以后得到的WAV文件可以做到与压缩前的源文件完全一致。所以APE被誉为"无损音频压缩格式"，Monkey''s Audio被誉为"无损音频压缩软件"。

FLAC格式：

非常成熟的无损压缩格式，名气不在APE之下。FLAC是FreeLosslessAudioCodec的简称，该格式的源码完全开放，而且兼容几乎所有的操作系统平台。它的编码算法相当成熟，已经通过了严格的测试，而且据说在文件点损坏的情况下依然能够正常播放（这一点不曾试过）。该格式不仅有成熟的Windows制作程序，还得到了众多第三方软件的支持。此外该格式是唯一的已经得到硬件支持的无损格式，Rio公司的硬盘随身听Karma，建伍的车载音响MusicKeg以及PhatBox公司的数码播放机都能支持FLAC格式。

Tom's Audio Kompressor（TAK格式）

TAK是一种新型的无损音频压缩格式，全称是Tom's Audio Kompressor，产于德国。目前最新版本还停留在1.01（2007年06月02日）。它类似于FLAC和APE，总体来说，压缩率类似APE而且解压缩速度类似FLAC，算是综合了两者的优点。另外，用此格式的编码器压缩的音频是VBR，即是可变比特率的。

几大特点：

● 较为优秀的压缩率。使用Extra参数的压缩率类似APE的High参数，而使用TAK最快的压缩参数Turbo得到的结果和FLAC压缩率最大的参数效果十分接近。

● 较快的压缩速度。作者说在相同压缩率的情况下，据了解尚未有别的格式能够比TAK的Turbo和Fast的参数压缩得更快。

● 非常快的解压速度。类似于FLAC的解压速度。

● 支持很多常用音频格式转换为TAK。

● 流支持。每隔两秒，包含解码所需全部信息的一帧会被插入到音频中。

● 容错度。1比特的信息出错，最多影响到250毫秒的音频。由于有上文提到的技术支持，利用本格式压缩的损坏严重的音频也可照样播放，代价是损坏的部分由静音代替。

● 错误校验。24比特的CRC校验用于每一帧上。

● 简单快速的查找能力。在需要从中间某一点播放的时候，能够很快地找到想要的地方开始播放，定位也十分准确。

● 支持音频信息。同时支持利用外挂CUE分割音轨和添加音频信息，类似APE等。

四、图片格式介绍

BMP图像文件格式

BMP是一种与硬件设备无关的图像文件格式，使用非常广。它采用位映射存储格式，除了图像深度可选以外，不采用其他任何形式进行压缩，因此，BMP文件所占用的空间很大。BMP文件的图像深度可选lbit、4bit、8bit及24bit。BMP文件存储数据时，图像的扫描方式是按从左到右、从下到上的顺序。

由于BMP文件格式是Windows环境中交换与图像有关的数据的一种标准，因此在Windows环境中运行的图形图像软件都支持BMP图像格式。

典型的BMP图像文件由三部分组成：位图文件头数据结构，它包含BMP图像文件的类型、显示内容等信息;位图信息数据结构，它包含有BMP图像的宽、高、压缩方法以及定义颜色等信息。

BMP是（Windows位图）Windows位图可以用任何颜色深度（从黑白到24位颜色）存储单个光栅图像。Windows 位图文件格式与其他Microsoft Windows程序兼容。它不支持文件压缩，也不适用于Web页。从总体上看，Windows位图文件格式的缺点超过了它的优点。为了保证照片图像的质量，请使用PNG、JPEG、TIFF等文件。BMP文件适用于Windows中的墙纸。

优点：BMP支持1位到24位的颜色深度。

BMP格式与现有Windows程序（尤其是较旧的程序）广泛兼容。

缺点：BMP不支持压缩，这会造成文件非常大。BMP文件不受Web浏览器支持。

PCX图像文件格式

PCX这种图像文件的形成是有一个发展过程的。最先的PCX雏形是出现在ZSOFT公司推出的名为PC PAINBRUSH的用于绘画的商业软件包中。此后，微软公司将其移植到 Windows环境中，成为Windows系统中一个子功能。先在微软的Windows3.1中广泛应用，随着Windows的流行、升级，加之其强大的图像处理能力，使PCX同GIF、TIFF、BMP图像文件格式一起，被越来越多的图形图像软件工具所支持，也越来越得到人们的重视。

PCX是最早支持彩色图像的一种文件格式，现在最高可以支持256种彩色，如图4-25所示，显示256色的彩色图像。PCX设计者很有眼光地超前引入了彩色图像文件格式，使之成为现在非常流行的图像文件格式。

PCX图像文件由文件头和实际图像数据构成。文件头由128字节组成，描述版本信息和图像显示设备的横向、纵向分辨率以及调色板等信息；在实际图像数据中，表示图像数据类型和彩色类型。PCX图像文件中的数据都是用PCXREL技术压缩后的图像数据。

PCX是PC机画笔的图像文件格式。PCX的图像深度可选为1、4、8bit。由于这种文件格式出现较早，它不支持真彩色。PCX文件采用RLE行程编码，文件体中存放的是压缩后的图像数据。因此，将采集到的图像数据写成PCX文件格式时，要对其进行RLE编码，而读取一个PCX文件时首先要对其进行RLE解码，才能进一步显示和处理。

TIFF图像文件格式

TIFF（TagImageFileFormat）图像文件是由Aldus和Microsoft公司为桌上出版系统研制开发的一种较为通用的图像文件格式。 TIFF格式灵活易变，它又定义了四类不同的格式：TIFF-B适用于二值图像，TIFF-G适用于黑白灰度图像，TIFF-P适用于带调色板的彩色图像，TIFF-R适用于RGB真彩图像。

TIFF支持多种编码方法，其中包括RGB无压缩、RLE压缩及JPEG压缩等。

TIFF是现存图像文件格式中最复杂的一种，它具有扩展性、方便性、可改性，可以提供给IBMPC等环境中运行图像编辑程序。

TIFF图像文件由三个数据结构组成，分别为文件头、一个或多个称为IFD的包含标记指针的目录以及数据本身。

TIFF图像文件中的第一个数据结构称为图像文件头或IFH。这个结构是一个TIFF文件中唯一的、有固定位置的部分，IFD图像文件目录是一个字节长度可变的信息块，Tag标记是TIFF文件的核心部分，在图像文件目录中定义了要使用的所有图像参数，目录中的每一个目录条目只包含图像的一个参数。

GIF文件格式

GIF（Graphics Interchange Format）的原义是"图像互换格式"，是CompuServe公司在1987年开发的图像文件格式。GIF文件的数据，是一种基于LZW算法的连续色调的无损压缩格式。其压缩率一般在50%左右，它不属于任何应用程序。目前几乎所有的相关软件都支持它，公共领域有大量的软件在使用GIF图像文件。

GIF图像文件的数据是经过压缩的，而且是采用了可变长度等压缩算法。所以GIF的图像深度从1bit到8bit，也即GIF最多支持256种色彩的图像。GIF格式的另一个特点是其在一个GIF文件中可以存多幅彩色图像，如果把存于一个文件中的多幅图像数据逐幅读出并显示到屏幕上，就可构成一种最简单的动画。

GIF解码较快，因为采用隔行存放的GIF图像，在边解码边显示的时候可分成四遍扫描。第一遍扫描虽然只显示了整个图像的1／8，第二遍的扫描后也只显示了1／4，但这已经把整幅图像的概貌显示出来了。在显示GIF图像时，隔行存放的图像会让您感觉到它的显示速度似乎要比其他图像快一些，这是隔行存放的优点。

JPEG文件格式

JPEG是joint Photographic Experts Group（联合图像专家组）的缩写，文件后缀名为". jpg"或". jpeg"，是最常用的图像文件格式，由一个软件开发联合会组织制定，是一种有损压缩格式，能够将图像压缩在很小的储存空间，图像中重复或不重要的资料会丢失，因此容易造成图像数据的损伤。尤其是使用过高的压缩比例，将使最终解压缩后恢复的图像质量明显降低，如果追求高品质图像，不宜采用过高压缩比例。但是JPEG压缩技术十分先进，它用有损压缩方式去除冗余的图像数据，在获得极高的压缩率的同时能展现十分丰富生动的图像，换句话说，就是可以用最少的磁盘空间得到较好的图像品质。而且JPEG是一种很灵活的格式，具有调节图像质量的功能，允许用不同的压缩比例对文件进行压缩，支持多种压缩级别，压缩比率通常在10：1到40：1之间，压缩比越大，品质就越低；相反的，压缩比越小，品质就越好。比如可以把1. 37Mb的BMP位图文件压缩至20.3KB。当然也可以在图像质量和文件尺寸之间找到平衡点。JPEG格式压缩的主要是高频信息，对色彩的信息保留较好，适合应用于互联网，可减少图像的传输时间，可以支持24bit帧彩色，也普遍应用于需要连续色调的图像。

JPEG格式是目前网络上最流行的图像格式，是可以把文件压缩到最小的格式，在Photoshop软件中以JPEG格式储存时，提供11级压缩级别，以0~10级表示。其中0级压缩比最高，图像品质最差。即使采用细节几乎无损的10级质量保存时，压缩比也可达 5:1。以BMP格式保存时得到4.28MB图像文件，在采用JPG格式保存时，其文件仅为178KB，压缩比达到24:1。经过多次比较，采用第8级压缩为存储空间与图像质量兼得的最佳比例。

JPEG格式的应用非常广泛，特别是在网络和光盘读物上，都能找到它的身影。目前各类浏览器均支持JPEG这种图像格式，因为JPEG格式的文件尺寸较小，下载速度快。

JPEG2000作为JPEG的升级版，其压缩率比JPEG高约30％左右，同时支持有损和无损压缩。JPEG2000格式有一个极其重要的特征在于它能实现渐进传输，即先传输图像的轮廓，然后逐步传输数据，不断提高图像质量，让图像由朦胧到清晰显示。此外，JPEG2000还支持所谓的"感兴趣区域"特性，可以任意指定影像上感兴趣区域的压缩质量，还可以选择指定的部分先解压缩。

JPEG2000和JPEG相比优势明显，且向下兼容，因此可取代传统的JPEG格式。JPEG2000即可应用于传统的JPEG市场，如扫描仪、数码相机等，又可应用于新兴领域，如网络传输、无线通讯等。

TGA格式

TGA格式（Tagged Graphics）是由美国Truevision公司为其显卡开发的一种图像文件格式，文件后缀为". tga"，已被国际上的图形、图像工业所接受。TGA的结构比较简单，属于一种图形、图像数据的通用格式，在多媒体领域有很大影响，是计算机生成图像向电视转换的一种首选格式。

TGA图像格式最大的特点是可以做出不规则形状的图形、图像文件，一般图形、图像文件都为四方形，若需要有圆形、菱形甚至是缕空的图像文件时，TGA可就派上用场了。TGA格式支持压缩，使用不失真的压缩算法。

EXIF格式

EXIF的格式是1994年富士公司提倡的数码相机图像文件格式，其实与JPEG格式相同，区别是除保存图像数据外，还能够存储摄影日期、使用光圈、快门、闪光灯数据等曝光资料和附带信息以及小尺寸图像。

FPX图像文件格式

FPX图像文件格式（扩展名为fpx）是由柯达、微软、HP及Live PictureInc联合研制，并于1996年6月正式发表，FPX是一个拥有多重分辨率的影像格式，即影像被储存成一系列高低不同的分辨率，这种格式的好处是当影像被放大时仍可维持影像的质量，另外，当修饰FPX影像时，只会处理被修饰的部分，不会把整幅影像一并处理，从而减小处理器及记忆体的负担，使影像处理时间减少。

SVG格式

SVG是可缩放的矢量图形格式。它是一种开放标准的矢量图形语言，可任意放大图形显示，边缘异常清晰，文字在SVG图像中保留可编辑和可搜寻的状态，没有字体的限制，生成的文件很小，下载很快，十分适合用于设计高分辨率的Web图形页面。

PSD文件格式

这是Photoshop图像处理软件的专用文件格式，文件扩展名是.psd，可以支持图层、通道、蒙板和不同色彩模式的各种图像特征，是一种非压缩的原始文件保存格式。扫描仪不能直接生成该种格式的文件。PSD文件有时容量会很大，但由于可以保留所有原始信息，在图像处理中对于尚未制作完成的图像，选用PSD格式保存是最佳的选择。

CDR文件格式

CDR格式是著名绘图软件CorelDRAW的专用图形文件格式。由于CorelDraw是矢量图形绘制软件，所以CDR可以记录文件的属性、位置和分页等。但它在兼容度上比较差，所有CorelDraw应用程序中均能够使用，但其他图像编辑软件则打不开此类文件。

PCD文件格式

PCD是Kodak PhotoCD的缩写，文件扩展名是. pcd，是Kodak开发的一种Photo CD文件格式，其他软件系统只能对其进行读取。该格式使用YCC色彩模式定义图像中的色彩。YCC和CIE色彩空间包含比显示器和打印设备的RGB色和CMYK色多得多的色彩。PhotoCD图像大多具有非常高的质量。

DXF文件格式

DXF是Drawing Exchange Format的缩写，扩展名是. dxf，是AutoCAD中的图形文件格式，它以ASCII方式储存图形，在表现图形的大小方面十分精确，可被CoreDraw和3DS等大型软件调用编辑。

UFO文件格式

它是著名图像编辑软件Ulead Photolmapct的专用图像格式，能够完整地记录所有 Photolmapct处理过的图像属性。值得一提的是，UFO文件以对象来代替图层记录图像信息。

EPS文件格式

EPS是Encapsulated PostScript的缩写，是跨平台的标准格式，扩展名在PC平台上是. eps，在Macintosh平台上是. epsf，主要用于矢量图像和光栅图像的存储。EPS格式采用 PostScript语言进行描述，并且可以保存其他一些类型信息，例如多色调曲线、Alpha通道、分色、剪辑路径、挂网信息和色调曲线等，因此EPS格式常用于印刷或打印输出。Photoshop中的多个EPS格式选项可以实现印刷打印的综合控制，在某些情况下甚至优于TIFF格式。

PNG图像文件格式

PNG（Portable Network Graphics）的原名称为"可移植性网络图像"，是网上接受的最新图像文件格式。PNG能够提供长度比GIF小30％的无损压缩图像文件。它同时提供 24位和48位真彩色图像支持以及其他诸多技术性支持。由于PNG非常新，所以目前并不是所有的程序都可以用它来存储图像文件，但Photoshop可以处理PNG图像文件，也可以用PNG图像文件格式存储。

五、视频格式介绍

ASF

ASF 是 Advanced Streaming format 的缩写，由字面（高级流格式）意思就可以看出这个格式的用处了。说穿了ASF就是MICROSOFT为了和现在的Real player竞争而发展出来的一种可以直接在网上观看视频节目的文件压缩格式！由于它使用了MPEG4的压缩算法，所以压缩率和图像的质量都很不错。因为ASF是以一个可以在网上即时观赏的视频"流"格式存在的，所以它的图像质量比VCD差一点点并不奇怪，但比同是视频"流"格式的RAM格式要好。不过如果不考虑在网上传播，选最好的质量来压缩文件的话，其生成的视频文件比VCD（MPEG1）好是一点也不奇怪的，但这样的话，就失去了ASF本来的发展初衷，还不如干脆用N AVI或者DIVX 。但微软的"子第"就是有它特有的优势，最明显的是各类软件对它的支持方面就无人能敌。

N AVI

N AVI是NewAVI的缩写，是一个名为ShadowRealm的地下组织发展起来的一种新视频格式。它是由 Microsoft ASF 压缩算法的修改而来的（并不是想像中的 AVI），视频格式追求的无非是压缩率和图像质量，所以 NAVI 为了追求这个目标，改善了原始的 ASF 格式的一些不足，让 NAVI 可以拥有更高的帧率（frame rate）。当然，这是以牺牲 ASF 的视频流特性作为代价的。概括来说， NAVI 就是一种去掉视频流特性的改良型ASF格式，再简单点就是非网络版本的 ASF 。

AVI

AVI 是Audio Video Interleave 的缩写，这个由微软在WIN3.1时代就发表的旧视频格式已经为我们服务了好几个年头了。好处是兼容好、调用方便、图像质量好，但缺点是尺寸大，就是因为这点，我们现在才可以看到由MPEG1的诞生到现在MPEG4的出台。

MPEG

MPEG 是 Motion Picture Experts Group的缩写，它包括了MPEG-1、MPEG-2和MPEG-4（注意，没有MPEG-3，大家熟悉的MP3 只是 MPEG Layeur 3）。MPEG-1相信是大家接触得最多的了，因为它被广泛的应用在VCD的制作和一些视频片段下载的网络应用上面，可以说99％的VCD都是用MPEG1格式压缩的，（注意，VCD2.0 并不是说明 VCD 是用 MPEG-2压缩的）使用MPEG-1的压缩算法，可以把一部120分钟长的电影（未视频文件）压缩到1.2 GB左右大小。MPEG-2则是应用在DVD的制作（压缩）方面，同时在一些HDTV（高清晰电视广播）和一些高要求视频编辑、处理上面也有相当的应用面。使用 MPEG-2的压缩算法压缩一部120分钟长的电影（未视频文件）可以到压缩到4到8GB的大小（当然，其图像质量等性能方面的指标是MPEG-1没法比的）。MPEG-4是一种新的压缩算法，使用这种算法的ASF格式可以把一部120分钟长的电影（未视频文件）压缩到 300M 左右的视频流，可供在网上观看。其他的DIVX格式也可以压缩到600M左右，但其图像质量比 ASF 要好很多。

DIVX

DIVX 视频编码技术可以说是一种对DVD造成威胁的新生视频压缩格式（有人说它是DVD杀手），它由Microsoft MPEG-4v3修改而来，使用 MPEG4 压缩算法。同时它也可以说是为了打破ASF的种种协定而发展出来的。而使用这种据说是美国禁止出口的编码技术MPEG4压缩一部DVD只需要2张CDROM，这样就意味着，你不需要买DVD ROM也可以得到和它差不多的视频质量了，而这一切只需要你有CDROM，况且播放这种编码，对机器的要求也不高，CPU只要是300MHZ以上（不管是PII，CELERON，PIII，AMDK6/2，AMDK6III，AMDATHALON，CYRIXx86）再配上64兆的内存和一个8兆显存的显卡就可以流畅的播放了。这绝对是一个了不起的技术，前途不可限量。

QuickTime

QuickTime（MOV）是 Apple（苹果）公司创立的一种视频格式，在很长的一段时间里，它都是只在苹果公司的MAC机上存在。后来才发展到支持WINDOWS平台的，但平心而论，它无论是在本地播放还是作为视频流格式在网上传播，都是一种优良的视频编码格式。到目前为止，它共有4个版本，其中4.0 版本的压缩率最好。

REAL VIDEO

REAL VIDEO （RA、RAM）格式由一开始就是定位在视频流应用方面的，也可以说是视频流技术的始创者。它可以在使用56K MODEM拨号上网的条件下实现不间断的视频播放，当然，其图像质量和MPEG2、DIVX 等比较不敢恭维。毕竟要实现在网上传输不间断的视频是需要很大的频宽的，这方面ASF是它的有力竞争者!

RMVB

所谓RMVB格式，是在流媒体的RM影片格式上升级延伸而来。VB即VBR，是Variable Bit Rate（可改变之比特率）的英文缩写。我们在播放以往常见的RM格式电影时，可以在播放器左下角看到225Kbps字样，这就是比特率。影片的静止画面和运动画面对压缩采样率的要求是不同的，如果始终保持固定的比特率，会对影片质量造成浪费。

而RMVB则打破了原先RM格式那种平均压缩采样的方式，在保证平均压缩比的基础上，设定了一般为平均采样率两倍的最大采样率值。将较高的比特率用于复杂的动态画面（歌舞、飞车、战争等），而在静态画面中则灵活地转为较低的采样率，合理地利用了比特率资源，使RMVB在牺牲少部分察觉不到的影片质量情况下，最大限度地压缩了影片的大小，最终拥有了近乎完美的接近于DVD品质的视听效果，如图1所示的就是RMVB格式的《圣斗士冥王篇》。可谓体积与清晰度"鱼与熊掌兼得"，其发展前景不容小觑。

相较DVDrip而言，RMVB的优势不言而喻。首先在保证影片整体视听效果的前提下，RMVB的大小只有300~450MB左右（以90分钟的标准电影计算），而DVDrip却需要700MB甚至更多，其次RMVB的字幕为内嵌字幕，不像DVDrip那样要安装调试字幕外挂软件，有时还会出现乱码，更重要的是RMVB的影音播放只需一次性安装完解码器，以后无论影像还是音效都无需另行调试。而DVDrip却视频、音频解码一大堆，设置不当还会造成音画不同步、花屏失声等毛病。

FLV

FLV 是FLASH VIDEO的简称，FLV流媒体格式是一种新的视频格式，全称为Flash Video。由于它形成的文件极小、加载速度极快，使得网络观看视频文件成为可能，它的出现有效地解决了视频文件导入Flash后，使导出的SWF文件体积庞大，不能在网络上很好地使用等缺点。

目前各在线视频网站均采用此视频格式。如新浪播客、56、土豆、酷6、youtube等，无一例外。FLV已经成为当前视频文件的主流格式。

FLV就是随着Flash MX的推出发展而来的视频格式，目前被众多新一代视频分享网站所采用，是目前增长最快、最为广泛的视频传播格式，是在sorenson公司的压缩算法的基础上开发出来的。FLV格式不仅可以轻松地导入Flash中，速度极快，并且能起到保护版权的作用，并且可以不通过本地的微软或者REAL播放器播放视频。

常见的视频编码：

Microsoft RLE

一种8位的编码方式，只能支持到256色。压缩动画或者计算机合成的图像等具有大面积色块的素材可以使用它来编码，是一种无损压缩方案。

Microsoft Video 1

用于对模拟视频进行压缩，是一种有损压缩方案，最高仅达到256色，它的品质可想而知，一般还是不要使用它来编码AVI。

Microsoft H.261和H.263 Video Codec

用于视频会议的Codec，其中H.261适用于ISDN、DDN线路，H.263适用于局域网，不过一般机器上Codec是用来播放的，不能用于编码。

Intel Indeo Video R3.2

所有的Windows版本都能用Indeo video 3.2播放AVI编码。它的压缩率比Cinepak大，但需要回放的计算机要比Cinepak快。

Intel Indeo Video 4和5

常见的有4.5和5.10两种，质量比Cinepak和R3.2好，可以适应不同带宽的网络，但必须有相应的解码插件才能顺利地将下载作品进行播放。适合于装了Intel公司MMX以上CPU的机器，回放效果优秀。如果一定要用AVI的话，推荐使用5.10，在效果几乎一样的情况下，它有更快的编码速度和更高的压缩比。

Intel IYUV Codec

使用该方法所得图像质量极好，因为此方式是将普通的RGB色彩模式变为更加紧凑的YUV色彩模式。如果想将AVI压缩成MPEG-1的话，用它得到的效果比较理想，只是它生成的文件太大了。

Microsoft MPEG-4 Video codec

常见的有1.0、2.0、3.0三种版本，当然是基于MPEG-4技术的，其中3.0并不能用于AVI的编码，只能用于生成支持"视频流"技术的ASF文件。

DivX- MPEG4 Low-Motion/Fast-Motion

实际与Microsoft MPEG-4 Video code是相当的东西，只是Low-Motion采用的固定码率，Fast-Motion采用的是动态码率，后者压缩成的AVI几乎只是前者的一半大，但质量要差一些。Low-Motion适用于转换DVD以保证较好的画质，Fast-Motion用于转换VCD以体现MPEG-4短小精悍的优势。

DivX 3.11/4.12/5.0

实际上就是DivX，是DivX为了打破Microsoft的ASF规格而开发的，现在开发摇身一变成了Divxnetworks公司，不断推出新的版本，最大的特点就是在编码程序中加入了1-pass和2-pass的设置，2-pass相当于两次编码，以最大限度地在网络带宽与视觉效果中取得平衡。

六、常见光源的相关色温

常见光源的相关色温

光源	相关的色温
烛光	1500K
暖白色的荧光灯	3000K
早、晚的日光	3200K
钨丝灯	3400K
氙灯	5000K
中午的日光	5200K
日光平衡荧光灯	6000K
多云的天空	6500K
蓝天	10000K

七、宽银幕的安全区

宽银幕的安全区

图像	水平动作安全区	水平字幕安全区	垂直动作安全区	垂直字幕安全区
16:9	3.5%距离边缘	3.5%距离边缘	3.5%距离边缘	5%距离边缘
16:9 从 4:3 裁剪(4:3 中央裁剪)	15.13%距离边缘	3.5%距离边缘	3.5%距离边缘	5%距离边缘
4:3 从 16:9 裁剪(16:9 中央裁剪)	3.5%距离边缘	15.13%距离边缘	15.13%距离边缘	16.25%距离边缘
1:1.85	3.5%距离边缘	5%距离边缘	3.5%距离边缘	5%距离边缘
1:1.85 从 16:9 裁剪(16:9 中央裁剪)	5.3%距离边缘	6.7%距离边缘	3.5%距离边缘	5%距离边缘
1:1.85 从 4:3 裁剪(4:3 中央裁剪)	16.57%距离边缘	17.65%距离边缘	3.5%距离边缘	5%距离边缘

参考文献

chris meyer,trish meyer,After Effects CS4:Apprentice's Guide to Key Fetures

彭　超，After Effects CS4 完全学习手册. 人民邮电出版社